一颗沙里看一个世界，一朵野花里看出一个天堂。把无限抓在你的手掌里，把永恒放进一刹那的时光。

人的一生没有几个八年，何况是正在宝贵的青春。

有一些空虚，就想到山，或是什么不如意；山，你的名字叫寂寞，我在寂寞时想你。

真爱的人追求的不是自我满足，是心里的幸福。幸福
是比自我满足更高的境界。

树与人早晚都是同一命运，都要倒下去，只有一点不同，树担心的是外在的险厄，人烦虑的是内心的风波。

　　做父母的人当初也是少不更事的孩子，代代相仍，历史重演。一代留下一沟，像树身上的年轮一般。

君子之交淡若水，因为淡所以不腻，才能持久。"与朋友交，久而敬之。"敬就是保持距离，也就是防止过分的亲昵。

　　你走我不送你，你回来，不管狂风暴雨我都
会去接你。

梁实秋——著

人间处处有真趣

江西美术出版社

全国百佳出版单位

图书在版编目（ＣＩＰ）数据

人间处处有真趣 / 梁实秋著 . -- 南昌 : 江西美术
出版社，2020.4
　　ISBN 978-7-5480-7454-0

　　Ⅰ . ①人… 　Ⅱ . ①梁… 　Ⅲ . ①散文集－中国－当代
Ⅳ . ① I267

中国版本图书馆 CIP 数据核字（2020）第 040431 号

出 品 人：周建森
责任编辑：廖　静
责任印制：谭　勋

人间处处有真趣
梁实秋　著

出　　　版：江西美术出版社
地　　　址：江西省南昌市子安路 66 号
网　　　址：www.jxfinearts.com
电子邮箱：jxms163@163.com
电　　　话：0791-86566274
邮　　　编：330025
经　　　销：全国新华书店
印　　　刷：香河利华文化发展有限公司
版　　　次：2020 年 4 月第 1 版
印　　　次：2020 年 4 月第 1 次印刷
开　　　本：880 毫米 ×1230 毫米　1/32
印　　　张：9.5
ＩＳＢＮ：978-7-5480-7454-0
定　　　价：45.00 元

目　录

贰——别有风趣

叁——人间的烟火

肆——茶余饭饱

伍——岁月旧事

壹

时间即生命

时间即生命

最令人怵目惊心的一件事，是看着钟表上的秒针一下一下地移动，每移动一下就是表示我们的寿命已经缩短了一部分。再看看墙上挂着的可以一张张撕下的日历，每天撕下一张就是表示我们的寿命又缩短了一天。因为时间即生命。没有人不爱惜他的生命，但很少人珍视他的时间。如果想在有生之年做一点什么事，学一点什么学问，充实自己，帮助别人，使生命成为有意义，不虚此生，那么就不可浪费光阴。这道理人人都懂，可是很少人真能积极不懈地善于利用他的时间。

我自己就是浪费了很多时间的一个人。我不打麻将，我不经常地听戏看电影，几年中难得一次，我不长时间看电视，通常只看半个小时，我也不串门子闲聊天。有人问我："那么你大部分时间都做了些什么呢？"我痛自反省，我发现，除了职务上的必须及人情上所不能免的活动之外，我的时间大部分都浪费了。我应该集中精力，读我所未读过的书，我应该利用所有时间，写我所要写的东西，但是我没能这样做。我的好多的时间都糊里糊涂地混过去了，"少壮不努力，老大徒伤悲"。例如我翻译莎士比亚，本来计划于课余之暇每年翻译两部，二十年即可完成，但是我用了三十年，主要的原因是懒。翻译之所以完成，主要的是因为活得相当长久，十分惊险。翻译完成之后，虽然仍有工作计划，但体力渐衰，有力不从心之感。假使年轻的时候鞭策自己，如今当有较好或较多的表现。然而悔之晚矣。

再例如，作为一个中国人，经书不可不读。我年过三十才知道读书自修的重要。我披阅，我圈点，但是恒心不足，时作时辍。五十以学易，可以无大过矣，我如今年过八十，还没有接触过《易经》，说来惭愧。史书也很重要。我出国留学的时候，我父亲买了一套同文石印的前四史，塞满了我的行箧的一半空间，我在外国混了几年之后又把前四史原封带回来了。直到四十年后才鼓起勇气读了《通鉴》一遍。现在我要读的书太多，深感时间有限。

无论做什么事，健康的身体是基本条件。我在学校读书的时候，有所谓"强迫运动"，我踢破过几双球鞋，打断过几只球拍。因此侥幸维持下来最低限度的体力。老来打过几年太极拳，目前则以散步活动筋骨而已。寄语年轻朋友，千万要持之以恒地从事运动，这不是嬉戏，不是浪费时间。健康的身体是做人做事的真正的本钱。

守　时

　　《史记》五十五留侯世家，记载坯上老人授书张良的故事，甚为生动："后五日平明，与我会此。良因怪之，跪曰：'诺。'五日平明，良往，父已先至，怒曰：'与老人期，后何也？'去曰：'后五日早会。'五日鸡鸣，良往，父又先在，复怒曰：'后何也？'去曰：'后五日复早来。'五日良夜未半往。有顷，父亦来，喜曰：'当如是。'"

　　老人与良约会三次。第一次平明为期，平明就是天刚亮，语义相当含糊，天亮到什么程度才算是平明，本难确定。"东方未明"是一阶段，"东方未晞"，又是一阶段，等到东方天际泛鱼肚色则又是一阶段。良平明往，未落日出之后，就不算是迟到。老人发什么脾气？说什么"与老人期"之倚老卖老的话？第二次约，时间更不明确，只说早一点去。良鸡鸣往，"鸡既鸣矣"，就是天明以前的一刹那，事实上已经提早到达，还嫌太晚。第三次良夜未半往，夜未半即是午夜以前，这一次才满老人意。既然如此，为什么不早明说，虽然这是老人有意测验年轻人的耐性，但也不必这样蛮不讲理地折磨人。有人问我，假如遇见这样的一个老人作何感想，我说我愿效禅师的说法："大喝一声，一棒打杀！"

　　黄石公的故事是神话。不过守时却是古往今来文明社会共有的一个重要的道德信念。远古的时候问题简单，日出而作，日入而息，根本没有精确的时间观念，而且人与人要约的事恐怕也不太多。《易·系辞》所谓"日中为市，致天下之民，聚天下之货，交易而退，各得其所"，不失为大家在时间上共立的一个标准，晚近的庙会市集，也还各有其约定俗成的时期规格。自从有了漏刻，分昼夜为百刻，一天之内才算有正确时间可资遵循。周有挈壶氏，自唐至清有挈壶正，是专管时间的官员。沙漏较晚，制在元朝。到了近年，也还有放午炮之说。现代的准确计时之器，如钟表之类，则是明季的舶来品，"明万历二十八年，大西洋人利玛窦来献自鸣钟"（《续通考·乐考》），嗣后自鸣钟在国内就大行其道。我小时候在三贝子花园畅观楼内，尚及见清朝洋人所贡各式各样的自鸣钟，金光灿烂，洋洋大观。在民间几乎家家案上正中央都有一架自鸣钟，用一把钥匙上弦，昼夜按时刻叮叮当当地响。外国人家墙上常见的鹧鸪钟，一只小鸟从一个小门跳出来报时，在国内尚比较少见。好像我们老一辈的中国人特别喜爱钟表，除了背心上特缝好几个小衣袋专放怀表之外，比较富裕的人家墙上还常有一个硬木螺钿玻璃门的表柜，里面挂着二三十只形形色色的表，金的、银的、景泰蓝的、闷壳的，甚至背面壳里藏有活动秘戏图的，非如此不足以餍其收藏癖。至于如今的手表（实际是腕表）则高官大贾以至贩夫走卒无不备有一只了。

普遍的有了计时的工具，若是大家不知守时，又有何用？普通的衙门机关之类都定有办公时间，假如说是八点开始，到时候去看看，就会知道那是怎么一回事。大抵较低级的人员比较守时，虽然其中难免有几位忙着在办事桌上吃豆浆油条。首长及高级人员大概就姗姗来迟了，他们还有一套理由，只有到了十点左右办稿拟稿逐层旅行的公文才能到达他们手里，早去了没有用。至于下班的时间，则大家多半知道守时，眼巴巴地望着时钟，谁也不甘落后。

和民众接触最频繁的莫过于银行邮局，可是在门前逡巡好久，进门烧头炷香的顾客不见得立刻就能受理，往往还要伫候一阵子，因为柜台后面的先生小姐可能很忙，忙着打开保险柜，忙着搬运文件，忙着清理卡片，忙着数钞票，忙着调整戳印，甚至于忙着泡茶，件件都需要时间。顾客们要少安毋躁。

朋友宴客，有一两位照例迟到，一碟瓜子大家都快磕完了，主人急得团团转，而那一两位客偏不来。按说"后至者诛"才是正理，但是后至者往往正是主客或是贵宾，所以必须虚上席以待。旧日戏园演戏，只有两盏汽油灯为照明之具，等到名角出台亮相，则几十盏电灯一齐照耀，声势非凡。有迟到之癖的客人大概是以名角自居，迟到之后不觉得歉然，反倒有得色。而迟到的人可能还要早退，表示另有一处要应酬，也许只是虚晃一招，实际是回家吃碗蛋炒饭。

要守时，但不一定要分秒不差，那就是苛求了。但也不能距约定时间太远。甲欲访乙，先打电话过去商洽，这是很有礼貌的行为，甲问什么时候驾临，乙说马上就去。问题就出在这"马上"二字，甲忘了钉问是什么马，是"竹披双耳峻，风入四蹄轻"的胡马，还是"皮干剥落，毛暗萧条"的瘦马，是练习纵跃用的木马，还是渡过了康王的泥马。和人要约，害得对方久等，揆诸时间即生命之说，岂是轻轻一声抱歉所能赎其罪愆？

守时不是容易事，要精神总动员。要不要先整其衣冠，要不要携带什么，要不要预计途中有多少红灯，都要通过大脑盘算一下。迟到固然不好，早到亦非万全之策，早到给自己找烦恼，有时候也给别人以不必要的窘。黄石公那段故事是例外，不足为训。记得莎士比亚有一句戏词："赴情人约，永远是早到。"情人一心一意地在对方身上，不肯有分秒的延误，同时又怕对方忍受枯守之苦，所以"月上柳梢头，人约黄昏后"，老早地就去等着，"月移花影动，疑是玉人来"了。

我们能不能推爱及于一切邀约，大家都守时？

闲　暇

英国十八世纪的笛福，以《鲁滨孙漂流记》一书闻名于世，其实他写小说是在近六十岁才开始的，他以前的几十年写作差不多全是以新闻记者的身份所写的散文。最早的一本书一六九七年刊行的《设计杂谈》（An Essay upon Projects）是一部逸趣横生的奇书，我现在不预备介绍此书的内容，我只要引其中的一句话："人乃是上帝所创造的最不善于谋生的动物；没有别的一种动物曾经饿死过；外界的大自然给它们预备了衣与食；内心的自然本性给它们安设了一种本能，永远会指导它们设法谋取衣食；但是人必须工作，否则就挨饿，必须做奴役，否则就得死；他固然是有理性指导他，很少人服从理性指导而沦于这样不幸的状态；但是一个人年轻时犯了错误，以致后来颠沛困苦，没有钱，没有朋友，没有健康，他只好死于沟壑，或是死于一个更恶劣的地方，医院。"这一段话，不可以就表面字义上去了解，须知笛福是一位"反语"大师，他惯说反话。人为万物之灵，谁不知道？事实上在自然界里一大批一大批饿死的是禽兽，不是人。人要适合于理性的生活，要改善生活状态，所以才要工作。笛福本人是工作极为勤奋的人，他办刊物、写文章、做生意，从军又服官，一生忙个不停。就是在这本《设计杂谈》里，他也提出了许多高瞻远瞩的计划，像预言一般后来都一一实现了。

人辛勤困苦地工作，所为何来？夙兴夜寐，胼手胝足，如果纯是为了温饱像蚂蚁蜜蜂一样，那又何贵乎做人？想起罗马皇帝玛可斯奥瑞利阿斯的一段话：

"在天亮的时候，如果你懒得起床，要随时作如是想：'我要起来，去做一个人的工作。'我生来就是为了做那工作的，我来到世间就是为了做那工作的，那么现在就去做那工作又有什么可怨的呢？我既是为了这工作而生的，那么我应该蜷卧在被窝里取暖吗？'被窝里较为舒适呀。'那么你是生来为了享乐的吗？简言之，我且问汝，你是被动的还是主动的要有所作为？试想每一个小的植物，每一小鸟、蚂蚁、蜘蛛、蜜蜂，它们是如何地勤于操作，如何地克尽厥职，以组成一个有秩序的宇宙。那么你可以拒绝去做一个人的工作吗？自然命令你做的事还不赶快地去做吗？'但是一些休息也是必要的呀。'这我不否认。但是根据自然之道，这也要有个限制，犹如饮食一般。你已经超过限制了，你已经超过足够的限量了。但是讲到工作你却不如此了；多做一点你也不肯。"

这一段策励自己勉力工作的话，足以发人深省，其中"以组成一个有秩序的宇宙"一语至堪玩味。使我们不能不想起古罗马的文明秩序是建立在奴隶制度之上的。有劳苦的大众在那里辛勤地操作，解决了大家的生活问题，然后少数的上层社会人士才有闲暇去做"人的工作"。大多数人是蚂蚁、蜜蜂，少数人是人。做"人的工作"需要有闲暇。所谓闲暇，不是饱食终日无所用心之谓，是免于蚂蚁、蜜蜂般的工作之谓。养尊处优，嬉邀惰慢，那是蚂蚁、蜜蜂之不如，还能算人！靠了逢迎当道，甚至为虎作伥，而猎取一官半职或是分享一些残羹冷炙，那是帮闲或是帮凶，都不是人的工作。奥瑞利阿斯推崇工作之必要，话是不错，但勤于操作亦应有个限度，不能像蚂蚁、蜜蜂那样地工作。劳动是必需的，但劳动不应该是终极的目标。而且劳动亦不应该由一部分人负担而令另一部分人坐享其成果。

　　人类最高理想应该是人人能有闲暇，于必须的工作之余还能有闲暇去做人，有闲暇去做人的工作，去享受人的生活。我们应该希望人人都能属于"有闲阶级"。有闲阶级如能普及于全人类，那便不复是罪恶。人在有闲的时候才最像是一个人。手脚相当闲，头脑才能相当地忙起来。我们并不向往六朝人那样萧然若神仙的样子，我们却企盼人人都能有闲去发展他的智慧与才能。

中 年

  钟表上的时针是在慢慢地移动着的，移动得如此之慢，使你几乎不感觉到它的移动，人的年纪也是这样的，一年又一年，总有一天会蓦然一惊，已经到了中年，到这时候大概有两件事使你不能不注意。讣闻不断地来，有些性急的朋友已经先走一步，很煞风景，同时又会忽然觉得一大批一大批的青年小伙子在眼前出现，从前也不知是在什么地方藏着的，如今一齐在你眼前摇晃，磕头碰脑的尽是些昂然阔步满面春风的角色，都像是要去吃喜酒的样子。自己的伙伴一个个地都入蛰了，把世界交给了青年人。所谓"耳畔频闻故人死，眼前但见少年多"，正是一般人中年的写照。

  从前杂志背面常有"韦廉士红色补丸"的广告，画着一个憔悴的人，弓着身子，手拊着腰上，旁边注着"图中寓意"

四字。那寓意对于青年人是相当深奥的。可是这幅图画却常在一般中年人的脑里涌现，虽然他不一定想吃"红色补丸"，那点寓意他是明白的了。一根黄松的柱子，都有弯曲倾斜的时候，何况是二十六块碎骨头拼凑成的一条脊椎？年轻人没有不好照镜子的，在店铺的大玻璃窗前照一下都是好的，总觉得大致上还有几分姿色。这顾影自怜的习惯逐渐消失，以至于有一天偶然揽镜，突然发现额上刻了横纹，那线条是鲜明而有力，像是吴道子的"莼菜描"，心想那是抬头纹，可是低头也还是那样。再一细看头顶上的头发有搬家到腮旁颔下的趋势，而最令人怵目惊心的是，鬓角上发现几根白发，这一惊非同小可，平素一毛不拔的人到这时候也不免要狠心地把它拔去，拔毛连茹，头发根上还许带着一颗鲜亮的肉珠。但是没有用，岁月不饶人！

一般的女人到了中年，更着急。哪个年轻女子不是饱满丰润得像一颗牛奶葡萄，一弹就破的样子？哪个年轻女子不是玲珑娇健得像一只燕子，跳动得那么轻灵？到了中年，全变了。曲线都还存在，但满不是那么回事，该凹入的部分变成了凸出，该凸出的部分变成了凹入，牛奶葡萄要变成金丝蜜枣，燕子要变鹌鹑。最暴露在外面的是一张脸，从"鱼尾"起皱纹撒出一面网，纵横辐转，疏而不漏，把脸逐渐织成一幅铁路线最发达的地图，脸上的皱纹已经不是熨斗所能烫得平的，同时也不知怎么在皱纹之外还常常加上那么多的苍蝇屎。所以脂粉不可少。除非粪土之墙，没有不可圬的道理。在原有的一张脸上再罩上一张脸，本是最简便的事。不过在上妆之前下妆之后，容易令人联想起《聊斋志异》的那一篇《砑皮》而已。女人的肉好像最禁不起地心的吸力，一到中年便一齐松懈下来往下堆摊，成堆的肉挂在脸上，挂在腰边，挂在踝际。听说有许多西洋女子用擀面杖似的一根棒子早晚浑身乱搓，希望把浮肿的肉压得结实一点，又有些人干脆忌食脂肪忌食淀粉，扎紧裤带，活生生地把自己"饿"回青春去。有多少效果，我不知道。

别以为人到中年，就算完事。不，譬如登临，人到中年像是攀跻到了最高峰。回头看看，一串串的小伙子正在"头也不回呀汗也不揩"地往上爬。再仔细看看，路上有好多块绊脚石，曾把自己磕碰得鼻青脸肿，有好多处陷阱，使自己做了若干年的井底蛙。回想从前，自己做过扑灯蛾，惹火焚身，自己做过撞窗户纸的苍蝇，一心想奔光明，结果落在粘苍蝇的胶纸上！这种种景象的观察，只有站在最高峰上才有可能。向前看，前面是下坡路，好走得多。

施耐庵《水浒》序云："人生三十未娶，不应再娶；四十未仕，不应再仕。"其实"娶""仕"都是小事，不娶不仕也罢，只是这种说法有点中途弃权的意味，西谚云："人的生活在四十才开始。"好像四十以前，不过是几出配戏，好戏都在后面。我想这与健康有关。吃窝头米糕长大的人，拖到中年就算不易，生命力已经蒸发殆尽。这样的人焉能再娶？何必再仕？服"维他赐保命"都嫌来不及了。我看见过一些得天独厚的男男女女，年轻的时候愣头愣脑的，浓眉大眼，生僵挺硬，像是一些又青又涩的毛桃子，上面还带着挺长的一层毛。他们是未经琢磨过的璞石。可是到了中年，他们变得润泽了，容光焕发，脚底下像是有了弹簧，一看就知道是内容充实的。他们的生活像是在饮窖藏多年的陈酿，浓而芳洌！对于他们，中年没有悲哀。

四十开始生活，不算晚，问题在"生活"二字如何诠释。如果年届不惑，再学习溜冰踢毽子放风筝，"偷闲学少年"，那自然有如秋行春令，有点勉强。半老徐娘，留着"刘海"，躲在茅房里穿高跟鞋当作踩高跷般地练习走路，那也是惨事。中年的妙趣，在于相当地认识人生，认识自己，从而做自己所能做的事，享受自己所能享受的生活。科班的童伶宜于唱全本的大武戏，中年的演员才能担得起大出的轴子戏，只因他到中年才能真懂得戏的内容。

寂寞

　　寂寞是一种清福。我在小小的书斋里，焚起一炉香，袅袅的一缕烟线笔直地上升，一直戳到顶棚，好像屋里的空气是绝对的静止，我的呼吸都没有搅动出一点波澜似的。我独自暗暗地望着那条烟线发怔。屋外庭院中的紫丁香还带着不少嫣红焦黄的叶子，枯叶乱枝的声响可以很清晰地听到，先是一小声清脆的折断声，然后是撞击着枝干的磕碰声，最后是落到空阶上的拍打声。这时节，我感到了寂寞。在这寂寞中我意识到了我自己的存在——片刻的孤立的存在。这种境界并不太易得，与环境有关，但更与心境有关。寂寞不一定要到深山大泽里去寻求，只要内心清净，随便在市廛里，陌巷里，都可以感觉到一种空灵悠逸的境界，所谓"心远地自偏"是也。在这种境界中，我们可以在想象中翱翔，跳出尘世的渣滓，与古人同游。所以我说，寂寞是一种清福。

在礼拜堂里我也有过同样的经验。在伟大庄严的教堂里，从彩画玻璃窗透进一股不很明亮的光线，沉重的琴声好像是把人的心都洗淘了一番似的，我感到了我自己的渺小。这渺小的感觉便是我意识到我自己存在的明证。因为平常连这一点点渺小之感都不会有的！

我的朋友萧丽先生卜居在广济寺里，据他告诉我，在最近一个夜晚，月光皎洁，天空如洗，他独自踱出僧房，立在大雄宝殿的石阶上，翘首四望，月色是那样的晶明，蓊郁的树是那样的静止，寺院是那样的肃穆，他忽然顿有所悟，悟到永恒，悟到自我的渺小，悟到四大皆空的境界。我相信一个人常有这样的经验，他的胸襟自然豁达辽阔。

但是寂寞的清福是不容易长久享受的。它只是一瞬间的存在。世界有太多的东西不时地提醒我们，提醒我们一件煞风景的事实：我们的两只脚是踏在地上的呀！一只苍蝇撞在玻璃窗上挣扎不出，一声"老爷太太可怜可怜我这个瞎子罢"，都可以使我们从寂寞中间一头栽出去，栽到苦恼烦躁的旋涡里去。至于"催租吏"一类的东西打上门来，或是"石壕吏"之类的东西半夜捉人，其足以使人败兴生气，就更不待言了。这还是外界的感触，如果自己的内心先六根不净，随时都意马心猿，则虽处在最寂寞的境地里，他也是慌成一片忙成一团，六神无主，暴躁如雷，他永远不得享受寂寞的清福。

　　如此说来，所谓寂寞不即是一种唯心论，一种逃避现实的现象吗？也可以说是。一个高蹈隐遁的人，在从前的社会里还可以存在，而且还颇受人敬重，在现在的社会里是绝对的不可能。现在似乎只有两种类型的人了，一是在现实的泥溷中打转的人，一是偶然也从泥溷中昂起头来喘口气的人。寂寞便是供人喘息的几口新空气。喘几口气之后还得耐心地低头钻进泥溷里去。所以我对于能够昂首物外的举动并不愿再多苛责。逃避现实，如果现实真能逃避，吾癗寐以求之！有过静坐经验的人该知道，最初努力把握着自己的心，叫它什么也不想，而是多么困难的事！那是强迫自己入于寂寞的手段，所谓参禅入定完全属于此类。我所赞美的寂寞，稍异于是。我所谓的寂寞，是随缘偶得，无需强求，一霎间的妙悟也不嫌短，失掉了也不必怅惘。但是我有一刻寂寞，我要好好地享受它。

悲　观

悲观不是消极。所以自杀的人不是悲观，悲观主义者反对自杀。

悲观是从坏的一方面来观察一切事物，从坏的一方面着眼的意思。悲观主义者无时不料想事物的恶化，唯其如此，所以他最积极地生活，换言之，最不为虚幻的希望所误引入歧途，最努力地设法来对付这丑恶的现实。

叔本华说，幸福即是痛苦的避免。所谓痛苦是实在的，而幸福则是根本不存在的。痛苦不存在时之状态，无以名之，名之曰幸福。是故人生之目标，不在幸福之追求，而在痛苦之避免。人生即是一串痛苦所构成。能避免一分的苦痛，即是一分的幸福。故悲观主义者待人接物，步步为营，不求有功，但求无过。这是悲观主义的真谛。

从坏处着想，大概可以十猜十中百猜百中；从好处着想，往往一次一失望十次十失望。所以乐观者天真可爱，而禁不住现实的接触，一接触就水泡一般地破灭。悲观者似乎未免自苦，而在现实中却能安身立命。所以自杀者是乐观的人，幸福者倒是悲观的人。

快　乐

　　天下最快乐的事大概莫过于做皇帝。"首出庶物，万国咸宁。"至不济可以生杀予夺，为所欲为。至于后宫粉黛三千，御膳八珍罗列，更是不在话下。清乾隆皇帝，"称八旬之觞，镌十全之宝"，三下江南，附庸风雅。那副志得意满的神情，真是不能不令人兴起"大丈夫当如是也"的感喟。

　　在穷措大眼里，九五之尊，乐不可支。但是试起古今中外的皇帝于地下，问他们一生中是否全是快乐，答案恐怕相当复杂。西班牙国王拉曼三世（Abder Rahman Ⅲ，960）说过这么一段话：

　　我于胜利与和平之中统治全国约五十年，为臣民所爱戴，为敌人所畏惧，为盟友所尊敬。财富与荣誉，权力与享受，呼之即来，人世间的福祉，从不缺乏。在这情形之中，我曾勤加计算，我一生中纯粹的真正幸福的日子，总共仅有十四天。

御宇五十年，仅得十四天真正幸福的日子。我相信他的话，宸谟睿略，日理万机，很可能不如闲云野鹤之怡然自得。于此我又想起从一本英语教科书上读到一篇寓言。题目是《一个快乐人的衬衫》。某国王，端居大内，抑郁寡欢，虽极耳目声色之娱，而王终不乐。左右纷纷献计，有一位大臣言道：如果在国内找到一位快乐的人，把他的衬衫脱下来，给国王穿上，国王就会快乐。王韪其言，于是使者四出寻找快乐的人，访遍了朝廷显要，朱门豪家，人人都有心事，家家都有一本难念的经，都不快乐。最后找到一位农夫，他耕罢在树下乘凉，裸着上身，大汗淋漓。使者问他："你快乐吗？"农夫说："我自食其力，无忧无虑！快乐极了！"使者大喜，便索取他的衬衣。农夫说："哎呀！我没有衬衣。"这位农夫颇似我们的禅门之"一丝不挂"。

常言道，"境由心生"，又说"心本无生因境有"。总之，快乐是一种心理状态。内心湛然，则无往而不乐。吃饭睡觉，稀松平常之事，但是其中大有道理。大珠《顿悟入道要门论》："有源律师来问：'和尚修道，还用功否？'师曰：'用功。'曰：'如何用功？'师曰：'饥来吃饭，困来即眠。'曰：'一切人总如是，同师用功否？'师曰：'不同。'曰：'何故不同？'师曰：'他吃饭时不肯吃饭，百种须索，睡时不肯睡，千般计较。所以不同也。'律师杜口。"可是修行到心无挂碍，却不是容易事。我认识一位唯心论的学者，平素昌言意志自由，忽然被人绑架，系于暗室十有余日，备受凌辱，释出后他对我说："意志自由固然不诬，但是如今我才知道身体自由更为重要。"常听人说烦恼即菩提，我们凡人遇到烦恼只是深感烦恼，不见菩提。快乐是在心里，不假外求，求即往往不得，转为烦恼。叔本华的哲学是：苦痛乃积极的实在的东西，幸福快乐乃消极的根本不存在的东西。所谓快乐幸福乃是解除苦痛之谓。没有苦痛便是幸福。再进一步看，没有苦痛在先，便没有幸福在后。梁任公先生曾说："人生最快乐的事，莫过于看着一件工作的完成。"在工作过程之中，有苦恼也有快乐，等到大功告成，那一份"如愿以偿"的快乐便是至高无上的幸福了。

有时候，只要把心胸敞开，快乐也会逼人而来。这个世界，这个人生，有其丑恶的一面，也有其光明的一面。良辰美景，赏心乐事，随处皆是。智者乐水，仁者乐山。雨有雨的趣，晴有晴的妙，小鸟跳跃啄食，猫狗饱食酣睡，哪一样不令人看了觉得快乐？就是在路上，在商店里，在机关里，偶尔遇到一张笑容可掬的脸，能不令人快乐半天？有一回我住进医院里，僵卧了十几天，病愈出院，刚迈出大门，陡见日丽中天，阳光普照，照得我睁不开眼，又见市廛熙攘，光怪陆离，我不由得从心里欢叫起来："好一个艳丽盛装的世界！"

　　"幸遇三杯酒美，况逢一朵花新？"我们应该快乐。

谈幽默

幽默是 humor 的音译，译得好，音义兼顾，相当传神，据说是林语堂先生的手笔。不过"幽默"二字，也是我们古文学中的现成语。《楚辞·九章·怀沙》："昫兮杳杳，孔静幽默。"幽默是形容山高谷深荒凉幽静的意思，幽是深，默是静。我们现在所要谈的幽默，正是意义深远耐人寻味的一种气质，与成语"幽默"二字所代表的意思似乎颇为接近。现在大家提起幽默，立刻想起原来"幽默"二字的意思了。

"幽默"一语所代表的那种气质，在西方有其特定的意义与历史。据古代生理学，人体有四种液体：血液、黏液、黄疸液、黑胆液。这些液体名为幽默（humors），与四元素有密切关联。血似空气，湿热；黄疸液似火，干热；黏液似水，湿冷；黑胆液似土，干冷。某些元素在某一种液体中特别旺盛，或几种液体之间失去平衡，则人生病。液体蒸发成气，上升至脑，于是人之体格上的、心理上的、道德上的特点于以形成，是之谓他的脾气性格，或径名之曰他的幽默。完好的性格是没有一种幽默主宰他。乐天派的人是血气旺，善良愉快而多情。胆气粗的人易怒，焦急，顽梗，记仇。黏性的人迟钝，面色苍白，怯懦。忧郁的人贪吃，畏缩，多愁善感。幽默之反常状态能进一步导致夸张的特点。在英国伊莉莎白时代，"幽默"一词成了人的"性格"（disposition）的代名词，继而成了"情绪"（mood）的代名词。到了一六〇〇年代，常以幽默作为人物分类的准绳。从十八世纪初起，英语中的幽默一语专用于语文中之足以引人发笑的一类。幽默作家常是别具只眼，能看出人类行为之荒谬、矛盾、滑稽、虚伪、可哂之处，从而以犀利简捷之方式一语点破。幽默与警语（wit）不同，前者出之以同情委婉之态度，后者出之以尖锐讽刺之态度，而二者又常不可分辨。例如莎士比亚创造的人物之中，孚斯塔夫滑稽突梯，妙语如珠，便是混合了幽默与警语之最好的榜样之一。

"幽默"一词虽然是英译，可是任何民族都自有其幽默。

常听人说我们中国人缺乏幽默感。在以儒家思想为正统的社会里，幽默可能是不被鼓励的，但是我们看《诗经·卫风·淇奥》，"善戏谑兮，不为虐兮"，谑而不虐仍不失为美德。东方朔、淳于髡，都是滑稽之雄。太史公曰："天道恢恢，岂不大哉？谈言微中，亦可以解纷。"为立滑稽列传。较之西方文学，我们文学中的幽默成分并不晚出，也并未被轻视。宋元明理学大盛，教人正心诚意居敬穷理，好像容不得幽默存在，但是文学作家，尤其是戏剧与小说的作者，在编写行文之际从来没有舍弃幽默的成分。几乎没有一部小说没有令人绝倒的人物，几乎没有一出戏没有小丑插科打诨。至于明末流行的笑话书之类，如冯梦龙《笑府序》所谓"古今世界一大笑府，我与若皆在其中供话柄，不话不成人，不笑不成话，不笑不话不成世界"，直把笑话与经书子史相提并论，更不必说了。我们中国人不一定比别国人缺乏幽默感，不过表现的方式或不同罢了。

我们的国语只有四百二十个音缀，而语词不下四千（高本汉这样说）。这就是说，同音异义的字太多，然而这正大量提供了文字游戏的机会。例如诗词里"晴""情"二字相关，俗话中生熟的"生"与生育的"生"二字相关，都可以成为文字游戏。能说这是幽默么？在英国文学里，相关语（pun）太多了，在十六世纪时还成了一种时尚，为雅俗所共赏。文字游戏不是上乘的幽默，灵机触动，偶一为之，尚无不可，滥用就惹人厌。幽默的精义在于其中所含的道理，而不在于舞文弄墨博人一粲。

所以善幽默者，所谓幽默作家（humorists），其人必定博学多识，而又悲天悯人，洞悉人情世故，自然的谈唾珠玑，令人解颐。英小说家萨克莱于一八五一年作一连串演讲——《英国十八世纪幽默作家》，刊于一八五三年，历述绥夫特、斯特恩等的思想文字，着重点皆在于其整个的人格，而不在于其支离琐碎的妙语警句。幽默引人笑，引人笑者并不一定就是幽默。人的幽默感是天赋的，多寡不等，不可强求。

王尔德游美，海关人员问他有没有应该申报纳税的东西，他说："没有什么可申报的，除了我的天才之外。"这回答很幽默也很自傲。他可以这样说，因为他确是有他一分的天才，别人不便模仿他。我们欣赏他这句话，不是欣赏他的恃才傲物，是欣赏他讽刺了世人重财物而轻才智的陋俗的眼光。我相信他事前没有准备，一时兴到，乃脱口而出，语妙天下，讥嘲与讽刺常常有幽默的风味，中外皆然。

我有一次为文，引述了一段老的故事：某寺僧向人怨诉送往迎来不胜其烦，人劝之曰："尘劳若是，何不出家？"稿成，投寄某刊物，刊物主编以为我有笔误，改"何不出家"为"何必出家"，一字之差，点金成铁。他没有意会到，反语（irony）也往往是幽默的手段。

了生死

　　信佛的人往往要出家。出家所为何来？据说是为了一大事因缘，那就是要"了生死"。在家修行，其终极目的也是为了要"了生死"。生死是一件事，有生即有死，有死方有生，"了"即是"了断"之意。生死流转，循环不已，是为轮回。人在轮回之中，纵不堕入恶趣，生、老、病、死四苦煎熬，亦无乐趣可言。所以信佛的人要了生死，超出轮回，证无生法忍。出家不过是一个手段，习静也不过是一个手段。

　　但是生死果然能够了断么？我常想，生不知所从来，死不知何处去，生非甘心，死非情愿，所谓人生只是生死之间短短的一橛。这种看法正是佛家所说"分段苦"。我们所能实际了解的也正是这样。波斯诗人峨谟伽耶姆的四行诗恰好说出了我们的感觉：

Into this universe，and why not knowing，

Nor whence，like water willy-nilly flowing；

And out of it，as wind along the waste，

I know not whither，willy-nilly blowing.

不知为什么，亦不知来自何方，

就来到这世界，像水之不自主的流；

而且离了这世界，不知向哪里去，

像风在原野，不自主地吹。

"我来如流水，去如风"，这是诗人对人生的体会。所谓生死，不了断亦自然了断，我们是无能为力的。我们来到这世界，并未经我们同意，我们离开这世界，也将不经我们同意。我们是被动的。

人死了之后是不是万事皆空呢？死了之后是不是还有生活呢？死了之后是不是还有轮回呢？我只能说不知道。使哈姆雷特踌躇不决的也正是这一段疑情。按照佛家的学说，"断灭相"决非正知解。一切的宗教都强调死后的生活，佛教则特别强调轮回。我看世间一切有情，是有一个新陈代谢的法

则，是有遗传嬗递的迹象，人恐怕也不是例外，长江后浪推前浪，一代新人代旧人，如是而已。又看佛书记载轮回的故事，大抵荒诞不经，可供谈助，兼资劝世，是否真有其事殆不可考。如果轮回之说尚难证实，则所谓了生死之说也只是可望而不可即的一个理想了。

我承认佛家了生死之说是一崇高理想。为了希望达到这个理想，佛教徒制定许多戒律，所谓根本五戒、沙弥十戒、比丘二百五十戒，这还都是所谓"事戒"，菩萨十重四十八轻戒之"性戒"尚不在内。这些戒律都是要我们在此生此世来身体力行的。能彻底实行戒律的人方有希望达到"外息诸缘，内心无喘"的境界。只有切实的克制情欲，方能逐渐的做到"情枯智讫"的功夫。所有的宗教无不强调克己的修养，斩断情根，裂破俗网，然后才能湛然寂静，明心见性。就是佛教所斥为外道的种种苦行，也无非是戒的意思，不过做得过分了些。中古基督教也有许多不近人情的苦修方法。凡是宗教，都是要人收敛内心，截除欲念。就是伦理的哲学家，也无不倡导多多少少的克己的苦行。折磨肉体，以解放心灵，这道理是可以理解的。但是以爱根为生死之源，而且自无始以来因积业而生死流转，非斩断爱根无以了生死，这一番道理便比较的难以实证了。此生此世持戒，此生此世受福，死后如何，来世如何，便渺茫难言了。我对于在家修行的和出家修行的人们有无上的敬意。由于他们的参禅看教、福慧双修，我不怀疑他们有在此生此世证无生法忍的可能，但是离开此生此世之后是否即能往生净土，我很怀疑。这净土，像其他的被人描写过的天堂一样，未必存在。如果它是存在，只是存在于我们的心里。

西方斯多亚派哲学家所谓个人的灵魂于死后重复融合到宇宙的灵魂里去，其种种信念也无非是要人于临死之际不生恐惧，那说法虽然简陋，却是不落言筌。蒙田说："学习哲学即是学习如何去死。"如果了生死即是了解生死之谜，从而获致大智大勇，心地光明，无所恐惧，我相信那是可以办到的。所以在我的心目中，宗教家乃是最富理想而又最重实践的哲学家。至于了断生死之说，则我自惭劣钝，目前只能存疑。

钱的教育

　　乌托邦的作者告诉我们说，在理想的国里，小孩子拿金钱当作玩具，孩子们可以由性地大把地抓钱，顺手丢来丢去地玩。其用意在使孩子把金钱看成司空见惯的东西，久之便会觉得金钱这东西稀松平常，长大了之后自然也就不会过分地重视金钱，贪吝的毛病也就可以不至于犯了。这理想恐怕终归是个理想吧？小孩子没有不喜欢耍枪弄棒的，长大之后更容易培养出尚武的精神；小孩子没有不喜欢飞机模型的，长大之后很可能对航空发生很大的兴趣。所以幼习俎豆，长大便成圣贤，这种故事不能不说有几分道理。小时候在钱堆里打滚，大了便不爱钱，这道理我却不敢深信。

　　事实上一般小孩子们所受的关于钱的教育，都是培养他对于钱的爱好。我们小时候，玩的不是钱，而常常是装钱的扑满。门口过来了一个小贩，吆喝着："小盆儿啊小罐儿啊！"往往不经我们的请求，大人就给买一个瓦制的小扑满。大人告诉我们把钱一个个地放进那个小孔里面，积着，积着，积满了之后噗的一声摔碎，便可以有笔大钱。那一笔钱做什么用？从来没有人告诉我们。以我个人而论，我拿到一个扑满之后，我却是被这个古怪的玩意儿所诱惑了，觉得怪有趣的，恨不得能立刻把它填满，我憧憬着将来有一天摔碎它时的那种快乐。我手里难得有钱，钱是在父亲屋里的大木柜里锁着的，我手里的钱只有三种来源：一是过年时的压岁钱，或是客人来时给的红纸包的钱；一是自己生辰家里长辈给的钱；一是从每日点心费里积攒下来的节余。有一点儿富余的钱，便急忙投进扑满，当的一声，怪好玩儿的。起初我对于这小小的储蓄银行很感兴趣，不时地取出来摇摇，从那个小孔往里面窥看。但是不久我就恍然，我是被骗了，因为我在想买冰糖葫芦或是糯米藕的时候，才明白那扑满里的钱是无法取出来用的，那窟窿太小，倒是倒不出来，用刀子拨也拨不出来，要摔又不敢，我开始明白这不是一个玩具，这是强迫储蓄的一种陷阱。金钱这东西为什么是那样的宝贵，必须如此周密地储藏起来呢？扑满并没有给我养成储蓄的美德，它反倒帮助我对于钱发生一种神秘的感觉。

有人主张绝对不给孩子们任何零钱，一切糖果玩具都已准备齐全，当然无从令孩子们去学习挥霍的本领。铜臭是越晚沾染人的双手越好。可是这种办法也有时效的限制，一离开家之后任何孩子都会立刻感觉到钱的重要。我小的时候，每天上学口袋里放两个铜板，到学校可以买两套烧饼油条做早点吃，我本来也没有别的其他欲望。但是过了两天，学校门口来了一个卖糯米藕的小贩，围了一圈的小顾客，我挤进去一看，那小贩正在一片一片地切着一橛赭中带紫的东西，像是藕，可是孔里又塞着东西，切好之后浇一小勺红糖汁和一小勺桂花，令人馋涎欲滴！我咽了一口唾沫之后退出来了。第二天仗着胆子去买一碟尝尝，却料不到起码要四个铜板才肯卖。我忍了两天没吃早点换到了一碟这个无名的美味。这是我有生以来第一次感觉到钱的用处，第一次感觉到没有钱的苦处。我相当地了解了钱的神秘。

钱的用处比较容易明白，钱从什么地方来，便比较难以了解。父母的柜子里、皮包里，不断的有钱的补充。但是从哪里来的呢？有人主张用实验的方法教导孩子：不工作便没有钱。于是他们鼓励孩子们服务，按服务的多寡优劣而付给报酬。芟除庭草，一角钱；汲水浇花，一角钱；看家费，一角钱；投邮费，一角钱……这种办法有好处，可以让孩子知道钱不是白给的，是劳动换来的。但是也有流弊，"没有钱便不工作"。我看见过很多人家的孩子，不给钱便不肯写每天一页的大字，不给钱便死抱着桌腿不肯上学，不给钱便撒泼打滚不给你一刻安静的工夫去睡午觉。这样，钱的报酬的功用已经变成为贿赂的功用了！"没有钱便不工作"，这原则并不错，不过在家庭里应用起来，便抹煞了人与人之间的情分，似乎是太早地戕贼了人的性灵了。

如果把钱的教育写成一本大书，我想也不过是上下两卷，上卷是钱怎样来，下卷是钱怎样去。

钱怎样来，只能由上一辈的人做一个榜样给下一辈的人看。示范的作用很大，孩子们无须很早的就实习。如果一个人的人生观和宇宙观都是从钱的方孔里望出去的，我相信他的孩子们一定会有一套拜金主义的心理。如果一个人用各种欺骗舞弊的方法把钱弄到家里而并不脸红，而且扬扬得意地自诩为能，甚而给孩子们也分润一点儿油水，我想这也就是很有效的一种教育，孩子长大必定也会有从政经商的全副的本领。所谓家学渊源，在这一方面也应用得上。讲到钱的去处，孩子们的意见永远不会和上一辈的相同，年轻人总觉得父母把钱系在肋骨上，每个大钱拿下来都是血淋淋的。钱永远没有足够的时候。正当的用钱的方法，是可以从小就加以训练的。有人主张，一个家庭的经济应该对孩子们公开，月底召开一次家庭会议，懂事的孩子们全都到席，家长报告账目和预算，让大家公开讨论。在这民主的形式之下，孩子们会养成一种自尊。大姐姐本来吵着买大衣，结果会自动放弃，移做弟弟妹妹买皮鞋用，大哥哥本来争着要置自行车，结果也会自动放弃，移做冬天买煤之用。这是良好习惯的养成。钱用在比较最需要的地方去。钱不但满足自己的物质的需要，钱还要顾及自己的内心的平安。这样的用钱的方法，值得一试。孩子们不一定永远是接受命令，他也可以理解。

房东与房客

　　狗见了猫，猫见了耗子，全没有好气，总不免怒目相视，龇牙咧嘴，一场格斗了事。上天生物就是这样，生生相克，总得斗。房东与房客，或房客与房东，其间的关系也是同样的不祥。在房东眼里，房客很少有好东西；在房客眼里，房东根本就没有一个好东西。利害冲突，彼此很难维持人与人之间应有的常态。

　　房东的哲学往往是这样的："来看房的那个人，看样子就面生可疑。我的房子能随便租给人？租给他开白面房子怎么办？将来非找个妥保不可。你看他那个神儿！房子的间架矮哩，院子窄哩，地点偏哩，房租贵哩，褒贬得一文不值，好像是谁请他来住似的！你不合适不会不住？我说得清清楚楚，你没有家眷我可不租，他说他有。我问他是干什么的，他死不张嘴，再不就是吞吞吐吐，八成不是好人。可是后来我还是租给他了。他往里一搬，哎呀，怎那么多人口，也不知究竟是几家子？瘪嘴的老太太有好几位，孩子一大串，兔儿爷似的一个比一个高。住了没有几个月，房子糟蹋得不成样子，雪白的墙角上他堆煤，披麻绿油的影壁上画了粉笔的飞机与乌龟，砖缝里的草长了一人多高，沟眼也堵死了，水龙头也歪了，地板上的油漆也磨光了，天花板也熏黑了，玻璃窗也用高丽纸给补了，门环子也掉了……唉，简直是遭劫！房租到期还要拖欠，早一天取固然不成，过几天取也常要碰钉子，'过两天再来吧''下月一起付罢''太太不在家''先付半个月的罢''我们还没有发薪哪，发了薪给你送去'……好，房租取不到，还得白跑道。腿杆儿都跑细了。他不给租钱，还挺横，你去取租的时候，他就叫你蹲在门口儿，砰的一声把大门关上了，好像是你欠他的钱！也有到时候把房租送上门来的，这主儿更难缠，说不定他早做了二房东。他怕我去调查。租人家的房子住人的，有几个是有良心的？……"

房客的哲学又是一套："这房东的房子多得很，'吃瓦片儿的'，任事不做。靠房钱吃饭。这房子一点儿也不合局，我要是有钱绝不租这样的房子。我是凑合着住。一进门就是三份儿，一房一茶一打扫。比阎王还凶。没法子，给你。还要打铺保？我人地生疏，哪里找保去？难道我还能把你的房子吃掉不成？你问我家里人口多不多？你管得着吗？难道房东还带查户口？'不准转租'，我自己还不够住的呢！可是我要把南房腾空转租，你也管不了，反正我不欠你的房租。'不准拖欠'，噫，我要是有钱我绝不拖欠。这个月我迟领了几天薪，房东就三天两头儿地找上门来，好像是有几年没付房钱似的，搅得我一家不安。谁没有个手头儿发窘？何苦！房钱错了一天也不行，急如星火，可是那天下雨房漏了，打了八次电话，他也不派人来修，把我的被褥都湿脏了，阴沟堵住了，院里积了一汪子水，也不来修。门环掉了，都是我自己找人修的。他还觍着脸催房钱！无耻！我住了这样久，没糟蹋你一间房子，墙、柱子都好好的，没摘过你一扇门一扇窗子，还要怎样？这样的房客你哪里找去？……"

房东房客如此之不相容，租赁的关系不是很容易决裂的吗？啊不，比离婚还难。房东虽然不好，房子还是要住的；

房客虽然不好，房子不能不由他住。主客之间永远是紧张的，谁也不把谁当作君子看。

这还是承平时代的情形。在通货膨胀的时代，双方的无名火都提高了好几十丈，提起对方的时候恐怕牙都要发痒。

房东的哲学要追加这样一部分："你这几个房钱够干什么的？你以后不必给房钱了，每个月给我几个烧饼好了。一开口就是'老房客'，老房客就该白住房？你也打听打听现在的市价，顶费要几条几条的，房租要一袋一袋的，我的房租不到市价的十分之一，人不可没有良心。你嫌贵，你别处租租试试看。你说年头不好，你没有钱，你可以住小房呀！谁叫你住这么大的一所？没有钱，就该找三间房忍着去，你还要场面？你要是一个钱都没有，就该白住房吗？我一家子指着房钱吃饭哪！你也不是我的儿子，我为什么让你白住？……"

房客方面也追加理由如下："我这么多年没欠过租，我们的友谊要紧。房钱不是没有涨过，我自动地还给你涨过一次呢，要说是市价一间一袋的话，那不合法，那是高抬物价，市侩作风，说到哪里也是你没理。人不可不知足。你要涨到多少才叫够？我的薪水也并没有跟着物价涨。才几个月的工夫，又啰唆着要涨房租，亏你说得出口！你是房东，资产阶级，你不知没房住的苦，何必在穷人身上打算盘？不用废话了，等我的薪水下次调整，也给你加一点儿，多少总得加你一点儿，这个月还是这么多，你爱拿不拿！你不拿，我放在提存处去，不是我欠租。……"

闹到这个地步，关系该断绝了罢？啊不。房客赌气搬家，不，这个气赌不得，赌财不赌气。房东撵房客搬家，更不行，撵人搬家是最伤天害理的事，谁也不同情，而且事实上也撵不动，房客像是生了根一般。打官司吗？房东心里明白：请律师递状，开庭，试行和解，开庭辩论，宣判，二审，三审，执行，这一套程序不要两年也得一年半，不合算。没法子，呕吧。房东和房客就这样地在呕着。

世界上就没有人懂得一点儿宾主之谊，客客气气，好来好散的吗？有。不过那是在"君子国"里。

谈话的艺术

一个人在谈话中可以采取三种不同的方式，一是独白，一是静听，一是互话。

谈话不是演说，更不是训话，所以一个人不可以霸占所有的时间，不可以长篇大论的絮聒不休，旁若无人。有些人大概是口部筋肉特别发达，一开口便不能自休，绝不容许别人插嘴，话如连珠，音容并茂。他讲一件事能从盘古开天地讲起，慢慢地进入本题，亦能枝节横生，终于忘记本题是什么。这样霸道的谈话者，如果他言谈之中确有内容，所谓"吐佳言如锯木屑，霏霏不绝"，亦不难觅取听众。在英国文人中，约翰逊博士是一个著名的例子。在咖啡店里，他一开口，鼠都不敢叫。那个结结巴巴的高尔斯密一插嘴便触霉头。Sir Oracle 在说话，谁敢出声？约翰逊之所以被称为当时文艺界的独裁者，良有以也。学问、风趣不及约翰逊者，必定是比较的语言无味，如果喋喋不已，如何令人耐得！

有人也许是以为嘴只管吃饭而不作别用，对人乃钳口结舌，一言不发。这样的人也是谈话中所不可或缺的，因为谈话，和演戏一样，是需要听众的，这样的人正是理想的听众。欧洲中古时代的一个严肃的教派 Carthusian monks 以不说话为苦修精进的法门之一，整年的不说一句话，实在不易。那究竟是方外人，另当别论，我们平常人中却也有人真能寡言。他效法金人之三缄其口，他的背上应有铭曰："今之慎言人也。"你对他讲话，他洗耳恭听，你问他一句话，他能用最经济的词句把你打发掉。如果你恰好也是"毋多言，多言多败"的信仰者，相对不交一言，那便只好共听壁上挂钟之滴答滴答了。钟会之与嵇康，则由打铁的叮当声来破除两人间之岑寂。这样的人现代也有，相对无言，莫逆于心，巴答巴答地抽完一包香烟，兴尽而散。无论如何，老于世故的人总是劝人多听少说，以耳代口，凡是不大开口的人总是令人莫测高深；口边若无遮拦，则容易令人一眼望到底。

谈话，和作文一样，有主题，有腹稿，有层次，有头尾，不可语无伦次。写文章肯用心的人就不太多，谈话而知道剪裁的就更少了。写文章讲究开门见山，起笔最要紧，要来得挺拔而突兀，或是非常爽朗，总之要引人入胜，不同凡响。谈话亦然。开口便谈天气好坏，当然亦不失为一种寒暄之道，究竟缺乏风趣。常见有客来访，宾主落座，客人徐徐开言："您没有出门啊？"主人除了重申"我没有出门"这一事实之外，没有法子再作其他的答话。谈公事，讲生意，只求其明白清楚，没有什么可说的。一般的谈话往往是属于"无题""偶成"之类，没有固定的题材，信手拈来，自有情致。情人们喁喁私语，总是有说不完的话题，谈到无可再谈，则"此时无声胜有声"了。老朋友们剪烛西窗，班荆道故，上下古今无不可谈，其间并无定则，只要对方不打哈欠。禅师们在谈吐间好逞机锋，不落迹象，那又是一种境界，不是我们凡夫俗子所能企望得到的。善谈和健谈不同，健谈者能使四座生春，但多少有点霸道，善谈者尽管舌灿莲花，但总还要给别人留些说话的机会。话的内容总不能不牵涉到人，而所谓人，则不是别人便是自己。谈论别人则东家长西家短全成了上好的资料，专门隐恶扬善则内容枯燥听来乏味，揭人阴私则又有伤口德，这期间颇费斟酌。英文 gossip 一字原义是"教父母"，尤指教母，引申而为任何中年以上之妇女，再引申而为闲谈，再引申而为飞短流长，而为长舌妇，可见这种毛病由来有自，"造谣学校"之缘起亦在于是，而且是中外皆然。不过现在时代进步，这种现象已与年纪无关。谈话而专谈自己当然不会伤人，并且缺德之事经自己宣扬之后往往变成为值得夸耀之事。不过这又显得"我执"太深，而且最关心自己的事的人，往往只是自己。英文的"我"字，是大写字母的"I"，有人已嫌其夸张，如果谈起话来每句话都用"我"字开头，不更显得自我本位了么？

在技巧上，谈话也有些个禁忌。"话到口边留半句"，只是劝人慎言，却有人认真施行，真个的只说半句，其余半句要由你去揣摩，好像文法习题中的造句，半句话要由你去填充。有时候是光说前半句，要你猜后半句；有时候是光说后半句，要你想前半句。一段谈话中若是破碎的句子太多，在听的方面不加整理是难以理解的。费时费事，莫此为甚。我看在谈话时最好还是注意文法，多用完整的句子为宜。另一极端是，唯恐听者印象不深，每一句话重复一遍，这办法对于听者的忍耐力实在要求过奢。谈话的腔调与嗓音因人而异，有的如破锣，有的如公鸡，有的行腔使气有板有眼，有的回肠荡气如怨如诉，有的于每一句尾加上一串格格的笑，有的于说完一段话之后像鲸鱼一般喷一口大气，这一切都无关宏旨，要紧的是说话的声音之大小需要一点控制。一开口便血脉贲张，声震屋瓦，不久便要力竭声嘶，气急败坏，似可不必。另有一些人的谈话别有公式，把每句中的名词与动词一律用低音，甚至变成耳语，令听者颇为吃力。有些人唾腺特别发达，三言两句之后嘴角上便积有两摊如奶油状的泡沫，于发出重唇音的时候便不免星沫四溅，真像是痰唾珠玑。人与人相处，本来易生摩擦，谈话时也要保持距离，以策安全。

旁若无人

在电影院里，我们大概都常遇到一种不愉快的经验。在你聚精会神地静坐着看电影的时候，会忽然觉得身下坐着的椅子颤动起来，动得很匀，不至于把你从座位里掀出去，动得很促，不至于把你颠摇入睡，颤动之快慢急徐，恰好令你觉得他讨厌。大概是轻微地震罢？左右探察震源，忽然又不颤动了。在你刚收起心来继续看电影的时候，颤动又来了。如果下决心寻找震源，不久就可以发现，毛病大概是出在附近的一位先生的大腿上。他的足尖踏在前排椅撑上，绷足了劲，利用腿筋的弹性，很优游地在那里发抖。如果这拘挛性的动作是由于羊癫疯一类的病症的暴发，我们要原谅他，但是不像，他嘴里并不吐白沫。看样子也不像是神经衰弱，他的动作是能收能发的，时作时歇，指挥如意。若说他是有意使前后左右两排座客不得安生，却也不然。全是陌生人无仇无恨，我们站在被害人的立场上看，这种变态行为只有一种解释，那便是他的意志过于集中，忘记旁边还有别人，换言之，便是"旁若无人"的态度。

"旁若无人"的精神表现在日常行为上者不只一端。例如欠伸，原是常事，"气乏则欠，体倦则伸"。但是在稠人广众之中，张开血盆巨口，做吃人状，把口里的獠牙显露出来，再加上伸胳臂伸腿如演太极，那样子就不免吓人。有人打哈欠还带音乐的，其声呜呜然，如吹号角，如鸣警报，如猿啼，如鹤唳，音容并茂，《礼记》："侍坐于君子，君子欠伸，撰杖屦，视日蚤莫，侍坐者请出矣。"是欠伸合于古礼，但亦以"君子"为限，平民岂可援引，对人伸胳臂张嘴，纵不吓人，至少令人觉得你是在逐客，或是表示你自己不能管制你自己的肢体。

邻居有叟，平常不大回家，每次归来必令我闻知。清晨有三声喷嚏，不只是清脆，而且洪亮，中气充沛，根据那声音之响我揣测必有异物入鼻，或是有人插入纸捻，那声音撞击在脸盆之上有金石声！随后是大排场的漱口，真是排山倒海，犹如骨鲠在喉，又似苍蝇下咽。

再随后是三餐的饱嗝，一串串的嗝声，像是下水道不甚畅通的样子。可惜隔着墙没能看见他剔牙，否则那一份刮垢磨光的钻探工程，场面也不会太小。

这一切"旁若无人"的表演究竟是偶然突发事件，经常令人困恼的乃是高声谈话。在喊救命的时候，声音当然不嫌其大，除非是脖子被人踩在脚底下，但是普通的谈话似乎可以令人听见为度，而无需一定要力竭声嘶的去振聋发聩。生理学告诉我们，发音的器官是很复杂的，说话一分钟要有九百个动作，有一百块筋肉在弛张，但是大多数人似乎还嫌不足，恨不得嘴上再长一个扩大器。有个外国人疑心我们国人的耳鼓生得异样，那层膜许是特别厚，非扯着脖子喊不能听见，所以说话总是像打架。这批评有多少真理，我不知道。不过我们国人会嚷的本领，是谁也不能否认的。电影场里电灯初灭的时候，总有几声"哎哟，小三儿，你在哪儿啦"？在戏院里，演员像是演哑剧，大锣大鼓之声依稀可闻，主要的声音是观众鼎沸，令人感觉好像是置身蛙塘。在旅馆里，好像前后左右都是庙会，不到夜深休想安眠，安眠之后难免没有响皮底的大皮靴，毫无惭愧地在你门前踱来踱去。天未大亮，又有各种市声前来侵扰。一个人大声说话，是本能；小声说话，是文明。以动物而论，狮吼，狼嗥，虎啸，驴鸣，犬吠，即是小如促织蚯蚓，声音都不算小，都不会像人似的有时候也会低声说话。大概文明程度愈高，说话愈不以声大见长。群居的习惯愈久，愈不容易存留"旁若无人"的幻觉。我们以农立国，乡间地旷人稀，畎亩阡陌之间，低声说一句"早安"是不济事的，必得扯长了脖子喊一声："你吃过饭啦？"可怪的是，在人烟稠密的所在，人的喉咙还是不能缩小。更可异的是，纸驴嗓，破锣嗓，喇叭嗓，公鸡嗓，并不被一般地认为是缺陷，而且麻衣相法还公然地说，声音洪亮者主贵！

叔本华有一段寓言：

一群豪猪在一个寒冷的冬天挤在一起取暖；但是它们的刺毛开始互相击刺，于是不得不分散开。可是寒冷又把它们驱在一起，于是同样的事故又发生了。最后，经过几番的聚散，它们发现最好是彼此保持相当的距离。同样的，群居的需要使得人形的豪猪聚在一起，只是他们本性中的带刺的令人不快的刺毛使得彼此厌恶。他们最后发现的使彼此可以相安的那个距离，便是那一套礼貌；凡违犯礼貌者便要受严词警告——用英语来说——请保持相当距离。用这方法，彼此取暖的需要只是相当的满足了；可是彼此可以不至互刺。自己有些暖气的人情愿走得远远的，既不刺人，又可不受人刺。

逃避不是办法。我们只是希望人形的豪猪时常提醒自己：这世界上除了自己还有别人，人形的豪猪既不止我一个，最好是把自己的大大小小的刺毛收敛一下，不必像孔雀开屏似的把自己的刺毛都尽量地伸张。

贰

别有风趣

为什么不说实话

听一个朋友说起一个有趣的故事，这是个老故事，但我是初次听见，所以以为有趣。他说：

有一家酒店，隔壁住着好几个酒徒，酒徒竟偷酒喝，偷酒的方法是凿壁成穴，以管入酒缸而吸饮之，轮流吸饮，每天夜晚习以为常。酒店老板初而惊讶酒浆损失之巨，继而暗叹酒徒偷饮技术之精，终乃思得报复之道。老板不动声色，入晚于置酒缸之处改置小便桶一，内中便溺洋溢，不可向迩。夜深人静，酒徒又来吮饮，争先恐后，欲解馋吻。用尽力一吸，饱尝异味，挤眉咧嘴，汩汩自喉而下，刚要声张，旋思我若声张，别人必不再来上当，我独自吃亏，岂不太冤枉乎？有亏大家吃。于是乎连呼"好酒！好酒！"而退，乙继之，亦同样上当，亦同样不肯独自上当，亦连呼"好酒！好酒！"而退。丙丁戊己，循序而饮，以至于全体酒徒均得分润。事毕环立，相视而笑。

我听过这个故事之后，心里有一点儿明白为什么有些人不肯说老实话。有些人宁愿自己吃亏，宁愿跟着别人吃亏，宁愿套引别人跟着他吃亏，而也不愿意把自己所实感的坦白直说出来。因为说出来之后，别人就不再吃亏，而他自己就显得特别委屈。别人和他同样的吃亏，他就觉得有人陪着他吃亏了，不冤枉了。

我又想：万一其中有一个心直口快，把老实话脱口而出，这个人将要受怎样的遭遇呢？我想这个人是不受欢迎的，并且还要受到诅咒，尤其是那些已经饮过小便而貌似饮过醇酿的人必定要骂这个人是个呆瓜！

要下水，大家拖下水。谁也不说老实话。说老实话就是呆瓜！

这种心理，到处皆然，要不得！

猫　话

　　《诗·大雅·韩奕》:"孔乐韩土,川泽訏訏,鲂鱮甫甫,麀鹿噳噳,有熊有罴,有猫有虎。"这是说韩城一地物产富饶,是好地方。原来猫也算是值得一提的动物,古时的猫是有实用价值的。《礼·郊特牲》:"迎猫,为其食田鼠也。"捉老鼠,一直是猫的特职。一般人家里也常有鼠患,棚顶墙根都能咬个大窟窿,半夜里到厨房餐室大嚼,偷油喝,啃蜡烛,再不就是地板上滚胡桃,甚至风雅起来也偶尔啃书卷,实在防不胜防,恼火之至。《黄山谷外集》卷七有一首《乞猫》,诗曰:

　　　秋来鼠辈欺猫死,窥瓮翻盘搅夜眠。
　　　闻道狸奴将数子,买鱼穿柳聘衔蝉。

这首诗是说家里的老猫死了，老鼠横行。随主簿家里的猫，听说要产小猫了，请求分赠一只，已准备买鱼静待小猫光临。衔蝉，俗语，猫名也。这首诗不算是山谷集中佳构，但是《后山诗话》却很推崇："乞猫诗，虽滑稽而可喜，千岁之下，读之如新。"到底山谷乞得猫了没有，不得而知。不过山谷又有一首《谢周文之送猫儿》，诗云：

养得狸奴立战功，将军细柳有家风。
一箪未厌鱼餐薄，四壁当令鼠穴空。

周家的猫不愧周亚夫细柳营的大将之风，大概是很善捕鼠。

鼠辈跳梁，靠猫来降伏，究竟是落后社会的现象。猫和人建立了关系，人猫之间自然也会产生感情。梅圣俞有一首《祭猫诗》，颇有情致：

自有五白猫，鼠不侵我书。
今朝五白死，祭与饭与鱼。

送之于中河，况尔非尔疏。

昔尔啮一鼠，衔鸣绕庭除。

欲使众鼠惊，意将清我庐。

一从登舟来，舟中同屋居。

糇粮虽其薄，免食漏窃余。

此实尔有勤，有勤胜鸡猪。

世人重驱驾，谓不如马驴。

已矣莫复论，为尔聊郗歔。

这首诗还是着重猫的实用价值，不过忘形到尔汝，已经写出了对猫的一份情。宋钱希白《南部新书》："连山张大夫搏，好养猫，众色备有，皆自制佳名。每视事退，至中门，则数十头曳尾延颈接入。以绿纱为帏，聚其内，以为戏。或谓搏是猫精。"说来好像是奇谭，我相信其事大概不假。杨文璞先生对我说，他在纽哲塞住的时候，养猫一度多到三十几只，人处屋内如在猫笼。杨先生到舍下来，菁清称他为"猫王"。猫王一见我们的白猫王子，行亲鼻礼，白猫王子在他跟前服服帖帖，如旧相识。

一般说来，猫很可爱。如果给以适当的卫生设备，他不到处拆烂污，比狗强，也有时比某一些人强。我们的白猫王子，从小经过菁清的训练，如厕的时候四爪抓住缸沿，昂首蹲坐，那神情可以入画。可惜画工只爱画猫蝶图正午牡丹之类。猫喜欢磨他的趾甲，抓丝袜、抓沙发、抓被褥。菁清的办法是不时地给他剪趾甲，剪过之后还替他锉。到处给他铺小块的粗地毯，他睡起之后弓弓身就在小地毯上抓磨他的趾甲了。猫馋，可是他吃饱之后任何鱼腥美味他都不屑一顾，更不用说偷嘴。他吃饱之后不偷嘴，似乎也比某一些吃饱之后仍然要偷的人高明得多。

猫不会说话，似是一大缺陷。他顶多是喵喵叫两声，很难分辨其中的含意。可是菁清好像是略通猫语，据说那喵喵声有时是表示饥饿，有时是要人去清理他的卫生设备，有时是期望有人陪他玩耍。白猫王子玩绳、玩球、玩捉迷藏，现在又添了新花样，玩"捕风捉影"。灯下把撑衣架一晃，影子映在墙上，他就狼奔豕窜的扑捉影子！有些人不是也很喜欢捕风捉影的谈论人家的短长么？宋彭乘《续墨客挥犀》："鄱阳龚氏，其家众妖竞作，乃召女巫徐姥者，使治之。时尚寒，有二猫正伏炉侧，家人指谓姥曰：'吾家百物皆为异，不为异者独此猫耳。'于是猫亦人立，拱手而言曰：'不敢。'姥大骇，走去。"我真盼望我们的白猫王子有一天也能人立拱手而言。西谚有云："佳酿能使猫言。"莎士比亚《暴风雨》（二、二、八六）曾引用其意，想是夸张其词。猫不能言，犹之乎"猫有九条命"一样的不足信，命只有一条。

　　人之好恶不同，各如其面。尽管有人爱猫爱得发狂，抚摩他，抱他，吻他，但是仍有人不喜欢猫。莎士比亚《威尼斯商人》（四、一、四八）就说"有些人见猫就要发狂"。不是爱得发狂，是厌恶得发狂。我起初还不大了解。后来有一位朋友要来看我，预先风闻我家有白猫王子，就特别先打电话要我把猫关起。我想这也许是一种过敏反应。《挥麈新谈》曾记猫有五德之说："猫见鼠不捕，仁也。鼠夺其食而让之，义也。客至设馔则出，礼也。藏物虽密能窃食之，智也。每冬月辄入灶，信也。"这是鸡有五德之说的翻版，像这样的一只猫未必可爱。猫有许多可人意处，猫喜欢偎在人身边，有时且枕着你的臂腿呼呼大睡，此时不可误会，其实猫怕冷怕寂寞。有时你在寒窗之下伏案作书，猫能蹲踞案头，缩在桌灯罩下呼噜呼噜的响上个把钟头，此时亦不可误会，猫只是在享受灯光下散发出来的热气。如加呵斥，他会抑郁很久，如施夏楚，他会沮丧半天。猫有令人难以理解的嗜好，他喜欢到处去闻，不一定是寻求猎物，客来他会闻人的脚闻人的鞋，好像那里有什么异香。最令人嫌恶的是春天来到的时候猫在房檐上怪声怪气的叫嚣，东一声叫，西一声应，然后是稀里哗啦的一阵乱叫乱跑。鲁迅先生在一篇文字里说他最厌听猫叫，他被吵醒便拿起大竹竿去驱逐。猫叫春是天性，驱得了么？

有义犬义马救主之说，没听说过义猫。猫长得肥肥胖胖，刷洗得干干净净，吃饱了睡，睡醒了吃，主人看着欢喜，也就罢了，谁还稀罕一只猫对你有什么报酬？在英文里 feline（猫）一字带有阴险狡诈之义，我想这也许有一点冤枉。有人养猫，猫多为患，送一只给人家去，不久就返回老家。主人无奈，用汽车载送到郊外山上放生，没过几天，猫居然又回来了。回来时瘦骨嶙峋，一身污泥。主人大受感动，不再遗弃他，养他到老。猫也识得家，不必只是狐正首丘。

英国诗人中，十八世纪的斯玛特（Smart）最爱猫，我曾为文介绍，兹不赘。另外一位诗人陶玛斯·格雷有一首有名的小诗，写一只猫之溺死于金鱼缸内。那只缸必是一只相当大的缸，否则不至于把猫淹死。可惜那时候没有司马光一类的人在旁营救。那只猫不是格雷的，是他朋友何瑞斯·窝波耳的，所以他写来轻松，亦谐亦讽而不带感情。诗曰：

一只爱猫之死

是在一只大瓷缸旁边，

上有中国彩笔绘染

盛开着的蓝花；

赛狸玛那只最乖的斑猫，

在缸边若有所思的斜靠，

注视下面的水洼。

她摇动尾巴表示欢喜；

圆脸庞，雪白的胡须，

丝绒般的足掌，

龟背纹似的毛衣一件，

黑玉的耳朵，翡翠的眼，

她都看到；呜呜地赞赏。

她不停地注视；水波之间

泳过两个形体美似天仙，

是巡游的女神在水里：

她们的鳞甲用上好颜料漆过

看来是红得发紫的颜色，

在水里闪出金光一缕。

不幸的女神惊奇地看到：

先是一绺胡须，随后是爪，

她几度有动于衷，

她想去抓却抓不到。

哪个女人见了金子不想要？

哪个猫儿不爱鱼腥？

妄想的小姐！她再度地

弓着腰，再度的抓去，

不知距离有多远。

（命运之神在一边坐着笑她。）

她的脚在缸沿上一滑，

她一头栽进了缸里面。

她把头八次探出水面，

咪咪的向各路水神呼唤，

迅速的前来搭救。

海豚不来，海神不管，

仆人丫鬟都没有听见，

爱猫没有朋友！

此后，美人儿们，莫再受骗，

一失足便是永远的遗憾。

要大胆也要小心。

引你目眩心惊的五光十色

不全是你们分所应得；

闪闪发亮光的不全是金！

算　命

　　从前在北平，午后巷里有镗镗的敲鼓声，那是算命先生。深宅大院的老爷太太们，有时候对于耍猴子的，耍耗子的，跑旱船的……觉得腻烦了，便半认真半消遣地把算命先生请进来。"卜以决疑，不疑何卜？"人生哪能没有疑虑之事，算算流年，问问妻财子禄，不愁没有话说。

　　算命先生全是盲人。大概是盲于目者不盲于心，所以大家都愿意求道于盲。算命先生被唤住之后，就有人过去拉起他的手中的马竿，"上台阶，迈门槛，下台阶，好，好，您请坐"。先生在条凳上落座之后，少不了孩子们过来啰唣，看着他的"孤月浪中翻"的眼睛，和他脚下敷满一层尘垢的破鞋，便不住地挤眉弄眼咯咯地笑。大人们叱走孩童，提高嗓门向先生请教。请教什么呢？老年人心里最嘀咕的莫过于什么时候福寿全归，因为眼看着大限将至而不能预测究竟在哪一天呼出最后一口气，以致许多事都不能做适当的安排，这是最尴尬的事。"死生有命"，正好请先生算一算命。先生干咳一声，清一清喉咙，眨一眨眼睛，按照出生的年月日时的干支八字，配合阴阳五行相生相克之理，掐指一算，口中念念有词，然后不惜泄露天机说明你的寿数。"六十六，不死掉块肉；过了这一关口，就要到七十三，过一关。这一关若是过得去，无灾无病一路往西行。"这几句话说得好，老人听得入耳。六十六，死不为夭，而且不一定就此了结。有人按算命先生的指点到了这一年买块瘦猪肉贴在背上，教儿女用切菜刀把那块肉从背上剔下来，就算是应验了掉块肉之说而可以免去一死。如果没到七十三就撒手人寰，那很简单，没能过去这一关；如果过了七十三依然健在，那也很简单，关口已过，正在一路往西行。以后如何，就看你的脚步的快慢了。而且无灾无病最快人意，因为谁也怕受床前罪，落个无疾而终岂非福气到家？《长生殿·进果》："瞎先生，真圣灵，叫一下赛神仙来算命。"瞎先生赛神仙，由来久矣。

　　据说有一个摆摊卖卜的人能测知任何人的父母存亡，对任何人都能断定其为"父在母先亡",百无一失。因为父母存亡共有六种可能变化:(一)父在,而母已先亡。(二)父在母之前而亡。(三)椿萱并茂,则终有一天父在而母将先亡。(四)椿萱并茂,则终有一天父将在母之前而亡。(五)父母双亡,父在母之前而亡。(六)父母双亡,父仍在之时母已先亡。关键在未加标点,所以任何情况均可适用。这可能是捏造的笑话,不过占卜吉凶其事本来甚易,用不着搬弄三奇八门的奇门遁甲,用不着诸葛的马前时课,非吉即凶,非凶即吉,颜之推所谓"凡射奇偶,自然半收",犹之抛起一枚硬币,非阴即阳,非阳即阴,百分之五十的准确早已在握,算而中,那便是赛神仙,算而不中,也就罢了,谁还去讨回卦金不成?何况卜筮不灵犹有不少遁词可说,命之外还有运?

　　韩文公文起八代之衰,以道统自任,但是他给李虚中所作的墓志铭有这样的话:"李君名虚中,最深于五行书,以人之始生年月日所值日辰干支,相生胜衰死王相,斟酌推人寿夭贵贱利不利,辄先处其年时,百不失一二……"言人之休咎,百不失一二,即是准确度到了百分之九十八九,那还了得?这准确的记录究竟是谁供给的?那时候不会有统计测验，韩文公虽然博学多闻，也未必有闲工夫去打听一百个算过命的人的寿夭贵贱。恐怕还是谀墓金的数目和李虚中的算命准确度成正比例吧？李虚中不是等闲之辈，撰有命书三种，进士出身，韩文公也就不惜摇笔一谀了。人天生的有好事的毛病，喜欢有枝添叶地传播谣言，可供谈助，无伤大雅，"子不语"，我偏要语！所以至今还有什么张铁嘴李半仙之类的传奇人物崛起江湖，据说不需你开口就能知晓你的家世职业，活灵活现，真是神仙再世！可惜全是辗转传说，人嘴两张皮，信不信由你。

瞎子算命先生满街跑，不瞎的就更有办法，命相馆问心处公然出现在市廛之中，诹吉问卜，随时候教。有一对热恋的青年男女，私订终身，但是家长还要坚持"纳吉"的手续，算命先生折腾了半天，闭目摇头，说"哎呀，这婚姻怕不成。乾造属虎，坤造属龙，'虎掷龙拏不相存，当年会此赌乾坤'。……"居然有诗为证，把婚姻事比作了楚汉争。前来问卜的人同情那一对小男女，从容进言："先生，请捏合一下，卦金加倍。"先生笑逐颜开地说："别忙，我再细算一下。龙从火里出，虎向水中生。龙骧虎跃，大吉大利。"这位先生说谎了吗？没有。始终没有。这一对男女结婚之后，梁孟齐眉，白头偕老。

如果算命是我们的国粹，外国也有他们的类似的国粹。手相之术，柏拉图亚里士多德亦不讳言之。罗马设有卜官，正合于我们的大汉官仪。所谓Sortes抽卜法，以圣经、荷马，或魏吉尔的诗篇随意翻开，首先触目之句即为卜辞，此法盛行希腊罗马，和我们的测字好像是同样的方便。英国自一八二四年公布取缔流浪法案，即禁止算命这一行业的存在；美国也是把职业的算命先生列入扰乱社会的分子一类。倒是我们泱泱大国，大人先生们升官发财之余还可以揣骨看相细批流年，看看自己的生辰八字是否"蝴蝶双飞格"，以便窥察此后升发的消息。在这一方面，我们保障人民自由，好像比西方要宽大得多。

雷

　　"风来喽，雨来喽，和尚背着鼓来喽。"这是我们家乡常听到的一个童谣。平常是在风雨欲来的时候唱的，那个"鼓"就是雷的意思罢。我小的时候就很怕雷，对于这个童谣也就觉得颇有一点儿恐惧的意味。雨是我所欢迎的，我喜欢那狂暴的骤雨，雨后院里的积水，雨后吹胰子泡，雨后吃咸豌豆，但是雷就令我困恼。隐隐的远雷还无伤大雅，怕的是那霹雳，喀喳一声，不由得不心跳。

　　我小时候怕雷的缘故有二。一个是老早就灌输进来的迷信。有人告诉我说，雷有两种，看那雷声之前的电闪就可以知道，如是红的，那便是殛妖精的，如是白的，那便是殛人的。因此，每逢看见电火是白色的时候，心里就害怕。殛妖精与我无关，我知道我不是妖精，但是殛人则我亦可能有份。

而且据说有许多项罪过都是要天打雷劈的，不孝父母固不必说，琐细的事如遗落米粒在地上也可能难逃天诛的。被雷打的人，据说是被雷公（尖嘴猴腮的模样）一把揪到庭院里，双膝跪落，背上还要烧出一行黑字，写明罪状。我吃饭时有无米粒落地，我是一点儿把握也没有的。所以每逢电火在头上盘旋，心里就打鼓，极力反省吾身，希望未曾有干天怒。第二个怕雷的缘故是由一点儿粗浅的科学常识。从小学课本更知道雷与电闪是一件东西，是阴阳电在天空中两朵云间吸引而中和，如果笔直地从天空戳到地面便要打死触着它的人或畜，不要立在大树下。这比迷信的说法还可怕。因为雷公究竟不是瞎眼的，而电火则并无选择，谁碰上谁倒霉。因此一遇到雷雨，便觉得坐立不安，无所逃于天地之间。后院就有一棵大榆树，说不定我就许受连累。我头痒都不敢抓，怕摩擦生电而与雷电接连！

年事稍长，对于雷电也就司空见惯，而且心想这么多次打雷都没有打死我，以后也许不会打死我了。所以胆就渐壮起来，听到霹雳，顶多打个冷战，看见电闪来得急猛，顶多用手掌按住耳朵，为保护耳膜起见张开大嘴而已。像小时候想在脑袋顶上装置避雷针的幼稚念头，是不再有的了。

可是我到了四川，可真开了眼，才见到大规模的雷电。这地方的雷比别处的响，也许是山谷回音的缘故，也许是住的地方太高太旷的缘故，打起雷来如连珠炮一般，接连地围着你的房子转，窗户玻璃（假如有的话）都震得响颤，再加上风狂雨骤，雷闪一阵阵地照如白昼，令人无法安心睡觉。有一位胆小的太太，吓得穿上了她的丈夫的两只胶鞋，立在屋中央，据说是因为胶鞋不传电。上床睡的时候，她给四只床腿穿上了四只胶鞋，两只手还要牵着两个女佣，这才稍觉放心。我虽觉得她太胆小一点儿，但是我很同情她，因为我自己也是很被那些响雷所困扰的。我现在想起四川的雷，还有余悸。

我读到《读者文摘》上一篇专谈雷的文章，恐怖的心情为之减却不少。他说："你不用怕，一个人被雷打死的机会是极少的，比中头彩还难，那机会大概是一百万分之一都还不到。"我觉得有理。我彩票买过多少回，从没有中过头彩，对于倒霉的事焉见得就那么好运气呢？他还有一个更有力的安慰，他说："雷和电闪既是一件东西，那么在你看见电火一闪的时候，问题便已经完全解决，该中和的早已中和了，该劈的早已也就劈了，剩下来的雷声随后被你听见，并不能为害。如果你中头彩，雷电直落在你的脑瓜顶上，你根本就来不及看见那电闪，更来不及听那一声雷响，所以，你怕什么？"这话说得很有理。电光一闪，一切完事。那声音响就让它响去好了。如果电闪和雷声之间的距离有一两秒钟，那足可证明危险地区离你还有百八十里地，大可安心。万一，万一，一个雷霆正好打在头上，那也只好由它了。

话虽如此，有两点我仍未能释然。第一，那喀喳的一声我还是怵。过年的时候顽皮的小孩子燃起一个小爆仗往我脚下一丢，我也要吓一跳。我自己放烟火，"太平花"还可以放着玩玩，"大麻雷子"我可不敢点，那一声响我受不了。我是觉得，凡是大声音都可怕，如果来得急猛则更可怕。原始的民族看见雷电总以为是天神发怒，虽说是迷信，其实那心情不难理解。猛然地天地间发生那样的巨响，如何能不惊怪？第二，被雷击是最倒霉的死法。有一次报上登着，夫妻睡在床上，双双地被雷劈了。于是人们纷纷议论，都说这两个人没干好事。假使一个人走在街上被汽车撞死，一般人总会寄予同情，认为这是意外横祸，对于死者之所以致死必不再多作捉摸，唯独对于一个被雷击的人，大家总怀疑他生前的行为必定有点暧昧，死是小事，身死而为天下笑，这未免太冤了。

升官图

赵瓯北《陔馀丛考》有这样一段：

世俗局戏，有升官图，开列大小官位于纸上，以明琼掷之，计点数之多寡，以定升降。按房千里有骰子选格序云："以穴骰双双为戏，更投局上，以数多少为进身职官之差，丰贵而约贱，有为尉掾而止者，有贵为将相者，有连得美名而后不振者，有始甚微而倏然于上位者。大凡得失不系贤不肖，但卜其偶不偶耳。"此即升官图之所由本也。

这使我忆起儿时游戏的升官图，不过方法略有不同；门口打糖锣儿的就卖升官图，一张粗糙亮光的白纸，上面印满了由白丁、秀才、举人、进士，以至太师、太傅、太保的各种官阶。玩的时候，三五人均可，围着升官图，不用"明琼"（骰子之别称），用一个木质的方形而尖端的"拈拈转儿"，这拈拈转儿上面有四字"德、才、功、赃"，一个字写在一面上，用手指用力一捻，就像陀螺似的旋转起来，倒下去之后看哪一个字在上面，德、才、功都有升迁，赃则贬抑。有时候学优则仕，青云直上，春风得意，加官晋爵。有时候宦情惨淡，官程蹭蹬，可能"事官千日，失在一朝"，爬得高跌得重，虽贵为台辅，位至封疆，禁不住几个脏字，一连几个倒栽葱，官爵尽削，还为庶人。一个铜板就可以买一张升官图，可以玩个好半天。

民国建始，万象更新，不知哪一位现代主义者动脑筋到升官图上，给它换了新装，秀才、举人、进士换了小学生、中学生、大学生，尚书换了部长，巡抚换了督军，而最高当局为总统、副总统、国务总理。官名虽然改变，升官的道理与升官的途径则一仍旧贯，所以我们玩起来并不觉得有什么异样，而且反觉得有更多的真实之感，纵然是游戏，亦未与现实脱节。

我曾想，儿童玩具有两样东西要不得，一个是各型各式的扑满，一个是升官图。扑满教人储蓄，储蓄是良好习惯，不过这习惯是不是应该在孩提时代就开始，似不无疑问。"饥荒心理"以后有的是培养的机会。长大成长之后，把一串串钱挂在肋骨上的比比皆是。升官图好像是鼓励人"立志做大官"，也似乎不是很妥当的事。可是我现在不这样想了，尤其是升官图，是颇合现实的一种游戏，在无可奈何的环境中不失为利多弊少的玩意儿。

有人说"宦味同鸡肋"，这语未免矫情。凡是食之无味的东西，弃之均不可惜。被人誉为"三绝诗书画，一官归去来"的那位先生就弃官如敝屣，只因做官要看三件难看的东西：犯人的屁股，女尸的私处，上司的面孔。俗语说："一代为官，三辈子擂砖。"这话也未免过于偏激。自古以来，官清毡冷的事也是常有的。例如周紫芝《竹坡诗话》有一段记载："李京兆诸父中有一人，极廉介，一日有家问，即令灭官烛，取私烛阅书，阅毕，命秉官烛如初。"像这样的径径自守的人，他的子孙会跪在当街用砖头擂胸口吗？所以，官，无论如何，是可以成为一种清白的高尚职业，要在人好自为之耳，升官图可能鼓舞人们做官的兴趣，有何不可？

升官图也可以说是有益世道人心，因为它指出了官场升黜的常轨。要升官，没有旁门左道，必须经由德行、才能、事功三方面的优良表现，而且一贪赃必定移付惩戒，赏罚分明，毫无宽假，这就叫作官常。升官图只是谨守官常，此外并无其他苞苴之类的捷径可寻。假如官场像升官图一样简单，那就真是太平盛世了。升官之阶，首重在德，而才功次之，尤有深意。宋史记寇准与丁谓的一段故事："初丁谓出准门，至参政，事准甚谨，尝会食中书，羹污准须，谓起徐拂之。准笑曰：'参政国之大臣，乃为官长拂须耶？'谓甚愧之。"为官长拂须，与贪赃不同，并不犯法，但是究竟有伤品德。恐怕官场现形有甚于为官长拂须者。在升官图上贵为太师之后再捻到德字，便是"荣归"，即荣誉退休之意，这也是很好的下场，否则这一场游戏没完没散，人生七十才开始，岂不把人急煞！

不知道现在有没有新的更合时代潮流的升官图？

我的暑假是怎样过的

儿时英文作文教师喜欢出的作文题目之一，便是"我的暑假是怎样过的"。记得当时抓耳挠腮，搜索枯肠，窘困万状，但仍不能不凑出几百字塞责交卷。小孩子的暑假还有什么新鲜的过法？总不外吃喝玩乐。要撰文记述，自不免觉得枯涩乏味。现在我年近五十，仍操粉笔生涯，躬逢抗战胜利，又遇戡乱建国，今年暑假是怎样过去的，颇觉得有一点迷迷糊糊。眼看着就要开学，于是自动地给自己出下这样一个题目，择记几件小事，都平凡琐屑无比，并不惊人，总算给我的暑假做一结束。

暑假伊始，我本来是立有大志的，其规模虽然比不上什么三年计划五年计划之类，却也条举目张，要克期计功。现在加以清算，我的暑假作业怕是不能及格了。

推其原因，当然照例是"环境不良，心绪恶劣"八个字。其实环境也不算太不良，虽然每天清晨飞机一群擦着房檐过去，有时郊外隐闻炮声，还有时要在街头打死几个学生颁布戒严令，但是究竟从来没有炮弹碎片落在自己头上，这环境也可以算得是很安谧了。心绪确是近于恶劣，但也是自找，既无疾病缠绵，亦无断炊情事，如果稍微相信一点唯物论，大可以思想前进，绝无苦闷。可惜的是，自己隐隐然还有一颗心，外界的波澜不能不掀动内心的荡漾，极小的一件事也可以使人终日寡欢，所以工作成绩也就微小得不值一提了。

一放暑假，一群孩子背着铺盖卷回家，这是一厄！一家团聚，应该是一种享受天伦之乐的机会，但是凭空忽来壮丁就食，家庭收支立刻发现赤字，难以弥补。而赡养义务又是义不容辞的。这是颇费周章的一件事。可恨的是，孩子们既无杨朱的技能，又无颜回的操守，粗茶淡饭之后，一个个地唉声叹气，嚷着"嘴里要淡出鸟儿来"！在我这一方面，生活也大受干扰，好像是有一群流亡学生侵入住宅，吃起东西来像一队蝗虫，谈天说笑像一塘青蛙，出出进进，熙熙攘攘，清早起来马桶永远有人占着座儿，衣服袜子书籍纸笔狼藉满屋好像是才遭洗劫，一张报纸揉得稀烂，彼此之间有时还要制造摩擦。饶这样，还不敢盼着暑假早日结束，暑假一终止，另一灾难到来，学杂膳宿，共二十七袋面！

还有一桩年年暑期里逃不脱的罪过。学校要招生，招生要监考，监考也不要紧，顶多是考生打翻墨水壶的时候你站远点，免得溅一腿，考生问"抄题不抄题"的时候使你恶心一下。考完要看卷子，看卷子也不要紧，捏着鼻子看，总有看完的一天，离奇的答案有时使人笑得肚子痛，离奇的试题有时使人不好意思笑出声来，都还有趣。最伤脑筋的是，招生之际总有几位亲友手提着两罐茶叶一筐水果登门拜访，扭扭捏捏地说孩子要考您那个大学您那个系，求您多多关照。好像那个学房铺是我开的似的！如果我开诚布公地对他说，我实在心有余而力不足，题目不是一个人出，卷子不是一个人看，其间还有弥封暗码，最后还要开会公决，要想舞一点弊是几乎不可能的，这套话算是白说，他死也不信。"大家都是中国人，打什么官腔？""你这是推托，干脆说不管好了，不够朋友！""帮人一步忙，就怕树叶儿打了脑袋？"再说就更不好听了，"谁没有儿女？谁也保不住不求人。这点小事都不肯为力，'房顶开门，六亲不认'"！如果我答应下来，榜发之时十九是名落孙山，没脸见人。这样的苦头我年年都要吃，一年一度，牢不可破，能推的推了，不能推的昧着良心答应下来，反正结果是得罪人。今年得高人指点，应付较为得宜。接受请托之际，还他一个模棱答案："您老的事我还能不尽力！您真是太见外了。不过有一句话得说在前头。令郎的成绩若是差个一星半点的，十分八分的，兄弟有个小面子，这事算包在我身上了，准保能给取上，不过，若是差得太多，公事上可交代不下去，莫怪我力不从心。"对方听了觉得入情入理，一定满意。之后，对方还照例要来一封八行书，几回电话，一再叮咛，这都不慌。等到快发榜的前夕，可要把握时机，少不得要到学校里钻营一番，如果确知考取了，赶快在榜发之前至少十分钟打一电话给他老人家："恭喜！令郎的成绩好，倒不是小弟的力量……"他一定认为是你的力量。他相信人情，面子。如果没有考取，不怕，也在发榜之前十分钟打一电话，虽然是噩耗，而能在发榜之前就得到消息，这人情是托到家了。事后再赶快抄一张他这位世兄的成绩表，"英文零分，数学两分，国文十五分……实在没有办法，抱歉之至！"这办法不得罪人。

还有更难应付的问题，一到暑假，正是"毕业即失业"的季候，年轻小伙子总觉得教书的先生许有点办法，于是前来登门拜谒，请求介绍职业。其实教书的先生正是因为在人事上毫无办法，所以才来教书，否则早就学优而仕了。所以每有学生一手持履历片，一手拿点什么小小的礼物之类，我一见便伤心不只从一处来，一面痛恨自己的不中用，一面惋惜来者之找错了人。

长夏无俚，难道没有一点赏心乐事？当然也有。晚饭后，瓜棚豆架（确切地说，今年我家瓜无棚豆无架，全是就地擦的），泡上一大壶酽茶，一家人分据几把破藤椅，乘凉闲话，直聊到星稀斗横风轻露重，然后贸贸然踱到屋里倒头便睡——这是一天里最快活的一段时间。白天就没有这样清闲，多少鸡毛蒜皮的琐碎事，多少语言无味面目可憎的人，把你的时间切得寸断，把你的心戳成马蜂窝！你休想安心，休想放心，休想专心，更休想开心！

有人主张暑假里到一个风景优美的地方去避暑，什么北戴河、青岛，都是好地方，至不济到郊外山上租几间屋子，也可暂避尘嚣。这种主张当然是非常正确，谁也不预备反驳。北戴河、青岛如今都不景气，而且离前线也太近，殊非养生之道，远不及莫干山、庐山。我今年避暑的所在，和几十年来的一样，是在红尘万丈火伞高张的城里，风景差一点，可是也并未中暑。

我的暑假就这样地过去了，好歹把孩子们打发上学了，明年的暑假能不能这样平安度过，谁知道？

窗　外

　　窗子就是一个画框，只是中间加些棂子，从窗子望出去，就可以看见一幅图画。那幅图画是妍是媸，是雅是俗，是闹是静，那就只好随缘。我今寄居海外，栖身于"白屋"楼上一角，临窗设几，作息于是，沉思于是，只有在抬头见窗的时候看到一幅幅的西洋景。现在写出窗外所见，大概是近似北平天桥之大金牙的拉大篇吧？

　　"白屋"是地地道道的一座刷了白颜色油漆的房屋，既没有白茅覆盖，也没有外露木材，说起来好像是《韩诗外传》里所谓的"穷巷白屋"，其实只是一座方方正正的见棱见角的美国初期形式的建筑物。我拉开窗帘，首先看见的是一块好大好大的天。天为盖，地为舆，谁没看见过天？但是，不，以前住在人烟稠密天下第一的都市里，我看见的天仅是小小的一块，像是坐井观天，迎面是楼，左面是楼，右面是楼，后面还是楼，楼上不是水塔，就是天线，再不然就是五色缤纷的晒洗衣裳。井底蛙所见的天只有那么一点点。"白屋"地势荒僻，眼前没有遮挡，尤其是东边隔街是一个小学操场，绿草如茵，偶然有些孩子在那里蹦蹦跳跳；北边是一大块空地，长满了荒草，前些天还绽出一片星星点点的黄花，这些天都枯黄了，枯草里有几株参天的大树，有枞有枫，都直挺挺地稳稳地矗立着；南边隔街有两家邻居；西边也有一家。有一天午后，小雨方住，蓦然看见天空一道彩虹，是一百八十度完完整整的清清楚楚的一条彩带，所谓虹饮江皋，大概就是这个样子。虹销雨霁的景致，不知看过多少次，却没看过这样规模壮阔的虹。窗外太空旷了，有时候零雨潜潜，竟不见雨脚，不闻雨声，只见有人撑着伞，坡路上的水流成了渠。

路上的汽车往来如梭，而行人绝少。清晨有两个头发斑白的老者绕着操场跑步，跑得气咻咻的，不跑完几个圈不止，其中有一个还有一条大黑狗做伴。黑狗除了运动健身之外，当然不会轻易放过一根电线杆子而不留下一点记号，更不会不选一块芳草鲜美的地方施上一点肥料。天气晴和的时候常有十八九岁的大姑娘穿着斜纹布蓝工裤，光着脚在路边走，白皙的两只脚光光溜溜的，脚底板踩得脏兮兮，路上万一有个图钉或玻璃碴之类的东西，不知如何是好？日本的武者小路实笃曾经说起："传有久米仙人者，因逃情，入山苦修成道。一日腾云游经某地，见一浣纱女，足胫甚白，目眩神驰，凡念顿生，飘忽之间已自云头跌下。"（见周梦蝶诗《无题》附记）我不会从窗头跌下，因为我没有目眩神驰。我只是想：裸足走路也算是年轻一代之反传统反文明的表现之一，以后恐怕还许有人要手脚着地爬着走，或索性倒竖蜻蜓用两只手走路，岂不更为彻底更为前进？至于长头发大胡子的男子现在已经到处皆是，甚至我们中国人也有沾染这种习气的（包括一些学生与餐馆侍者），习俗移人，一至于此！

星期四早晨清除垃圾，也算是一景。这地方清除垃圾的工作不由官办，而是民营。各家的垃圾贮藏在几个铅铁桶里，上面有盖，到了这一天则自动送到门前待取。垃圾车来，并没有八音琴乐，也没有叱咤吆喝之声，只闻稀里哗啦的铁桶响。车上一共两个人，一律是彪形黑大汉，一个人搬铁桶往车里掼，另一个司机也不闲着，车一停他也下来帮着搬，而且两个人都用跑步，一点也不从容。垃圾掼进车里，机关开动，立即压绞成为碎碴，要想从垃圾里捡出什么瓶瓶罐罐的分门别类地放在竹篮里挂在车厢上，殆无可能。每家月纳清洁费二元七角钱，包商叫苦，要求各家把铁桶送到路边，节省一些劳力，否则要加价一元。

公共汽车的一个招呼站就在我的窗外。车里没有车掌，当然也就没有晚娘面孔。所有开门，关门，收钱，掣给转站票，全由司机一人兼理。幸亏坐车的人不多，司机还有闲情逸致和乘客说声早安。二十分钟左右过一班车，当然是亏本生意，但是贴本也要维持。每一班车都是疏疏落落的三五个客人，凄凄清清惨惨，许多乘客是老年人，目视昏花，手脚失灵，耳听聋聩，反应迟缓，公共汽车是他们唯一的交通工具。也有按时上班的年轻人搭乘，大概是怕城里没处停放汽车。有一位工人模样的候车人，经常准时在我窗下出现，从容打开食盒，取出热水瓶，喝一杯咖啡，然后登车而去。

我没有看见过一只过街鼠，更没看见过老鼠肝脑涂地地陈尸街心。狸猫多得很，几乎个个是肥头胖脑的，毛也泽润。猫有猫食，成瓶成罐地在超级食场的货架上摆着。猫刷子，猫衣服，猫项链，猫清洁剂，百货店里都有。我几乎每天看见黑猫白猫在北边荒草地里时而追逐，时而亲昵，时而打滚。最有趣的是松鼠，弓着身子一窜一窜地到处乱跑，一听到车响，仓促地爬上枞枝。窗下放着一盘鸟食，黍米之类，麻雀群来果腹，红襟鸟则望望然去之，它茹荤，它要吃死的蛞蝓活的蚯蚓。

　　窗外所见的约略如是。王粲登楼，一则曰："虽信美而非吾土兮，曾何足以少留！"再则曰："昔尼父之在陈兮，有归欤之叹音。钟仪幽而楚奏兮，庄舄显而越吟。人情同于怀土兮，岂穷达而异心？"临楮凄怆，吾怀吾土。

写　字

　　在从前，写字是一件大事，在"念背打"教育体系当中占一个很重要的位置，从描红模子的横平竖直，到写墨卷的黑大圆光，中间不知有多大勤苦。记得小时候写字，老师冷不防地从你脑后把你的毛笔抽走，弄得你一手掌的墨，这证明你执笔不坚，是要受惩罚的。这样恶作剧还不够，有的在笔管上套大铜钱，一个，两个，乃至三四个，摇动笔管只觉头重脚轻，这原理是和国术家腿上绑沙袋差不多，一旦解开重负便会身轻似燕极尽飞檐走壁之能事，如果练字的时候笔管上驮着好几两重的金属，一旦握起不加附件的竹管，当然会龙飞蛇舞，得心应手了。写一寸径的大字，也有人主张用悬腕法，甚至悬肘法，写字如站桩，挺起腰板，咬紧牙关，正襟危坐，道貌岸然，在这种姿态中写出来的字，据说是能力透纸背。现代的人无须受这种折磨。"科举"已经废除了，只会写几个"行""阅""如拟""照办"，便可为官。自来水笔代替了毛笔，横行左行也可以应酬问世，写字一道，渐渐地要变成"国粹"了。

当作一种艺术看，中国书法是很独特的。因为字是艺术，所以什么"永字八法"之类的说数，其效用也就和"新诗作法""小说作法"相差不多，绳墨当然是可以教的，而巧妙各有不同，关键在于个人。写字最容易泄露一个人的个性，所谓"字如其人"大抵不诬。如果每个字都方方正正，其人大概拘谨；如果伸胳臂拉腿地都逸出格外，其人必定豪放；字瘦如柴，其人必如排骨；字如墨猪，其人必近于"五百斤油"。所以郑板桥的字，就应该是那样的倾斜古怪，才和他那吃狗肉傲公卿的气概相称；颜鲁公的字就应该是那样的端庄凝重，才和他的临难不苟的品格相合，其间无丝毫勉强。

在"文字国"里，需要写字的地方特别多，擘窠大字至蝇头小楷，都有用途。可惜的是，写字的人往往不能用其所长，且常用错了地方。譬如，凿石摹壁的大字，如果不能使山川生色，就不如给当铺酱园写写招牌，至不济也可以给煤栈写"南山高煤"。有些人的字不宜在壁上题诗，改写春联或"抬头见喜"就合适得多。有的人写字技术非常娴熟，在茶壶盖上写"一片冰心"是可以胜任的，却偏爱给人题跋字画。中堂条幅对联，其实是人人都可以写的，不过悬挂的地点应该有个分别，有的宜于挂在书斋客堂，有的宜于挂在饭铺理发馆，求其环境配合，气味相投，如是而已。

"善书者不择笔"，此说未必尽然，秃笔写铁线篆，未尝不可，临赵孟頫《心经》就有困难。字写得坚挺俊俏，所用大概是尖毫。有时候写字的人除了工具之外还讲究一点特殊的技巧，最妙者无过于某公之一笔虎，八尺的宣纸，布满了一个虎字，气势磅礴，一气呵成，尤其是那一直竖，顶天立地的笔直一根杉木似的，煞是吓人。据说，这是有特别办法的，法用马弁一名，牵着纸端，在写到那一竖的时候把笔顿好，喊一声"拉"，马弁牵着纸就往后扯，笔直的一竖自然完成。

写字的人有瘾，瘾大了就非要替人写字不可，看着人家的白扇面，就觉得上面缺点什么，至少也应该有"精气神"三个字。相传有人爱写字，尤其是爱写扇子，后来腿坏，以至无扇可写；人问其故，原来是大家见了他就跑，他追赶不上了。如果字真写到好处，当然不需腿健，但写字的人究竟是腿健者居多。

生　日

生日年年有，而且人人有，所以不稀罕。

谁也自己不会知道自己的生日是在哪一天。呱呱坠地之时，谁有闲情逸致去看日历？当时大概只是觉得空气凉，肚子饿，谁还管什么生辰八字？自己的生年月日，都是后来听人说的。

其实生日，一生中只能有一次。因为生命只有一条之故。一条命只能生一回死一回。过三百六十五天只能算是活了一周岁。这年头，活一周年当然不是容易事，尤其是已经活了好几十周岁之后，自己的把握越来越小，感觉到地心吸力越来越大，不知哪一天就要结束他在地面上的生活，所以要庆祝一下也是人情之常。古有上寿之礼，无庆生日之礼。因为生日本身无可庆。西人祝贺之词曰："愿君多过几个快乐的生日。"亦无非是祝寿之意。寿在哪一天祝都是一样。

我们生到世上，全非自愿。佛书以生为十二因缘之一，"从现世善恶之业，从世还于六道四生中受生，是名为生"。糊里糊涂的，神差鬼使的，我们被捉弄到这尘世中来。来的时候，不曾征求我们的同意，将来走的时候，亦不会征求我们的同意。我们是从哪里来的，我们不知道，我们最后到哪里去，我们也不知道。我们所知道的就是这生、老、病、死的一个断片。然而这世界上究竟有的是良辰美景赏心乐事，否则为什么有人老是活不够，甚至要高呼"人生七十才开始"？

到了生日值得欢乐的只有一种人，那就是"万乘之主"。不需要颐指气使，自然有人来山呼万岁，自然有百官上表，自然有人来说什么"一人有庆，兆民赖之"，全不问那个"庆"字是怎么讲法。唐太宗谓长孙无忌曰："某月日是朕生日，世俗皆为欢乐，在朕翻为感伤。"做了皇帝还懂得感伤，实在是很难得，具见人性未泯，不愧为明主，虽然我们不太清楚他感伤的是哪一宗。是否踌躇满志之时，顿生今昔之感？在历史上最后一个辉煌的千秋节该是满清慈禧太后六十大庆在颐和园的那一番铺张，可怜"薄海欢腾"之中听到鼟鼓之声动地来了！

田舍翁过生日，唯一的节目是吃，真是实行"鸡猪鱼蒜，逢箸则吃，生老病死，时至则行"的主张，什么都是假的，唯独吃在肚里是便宜。读莲池大师戒杀文，开篇就说，"一曰生日不宜杀生。哀哀父母，生我劬劳，己身始诞之辰，乃父母垂亡之日也！是日也，正宜戒杀持斋，广行善事，庶使先亡考妣，早获超升，见在椿萱，增延福寿，何得顿忘母难，杀害生灵，上贻累于亲，下不利于己"？虽是蔼然仁者之言，但是不合时尚。祝贺生日的人很少吃下一块覆满蜡油的蛋糕而感到满意的，必须七荤八素地塞满肚皮然后才算礼成。过生日而想到父母，现代人很少有这样的联想力。

过　年

　　我小时候并不特别喜欢过年，除夕要守岁，不过十二点不能睡觉，这对于一个习于早睡的孩子是一种煎熬。前庭后院挂满了灯笼，又是宫灯，又是纱灯，烛光辉煌，地上铺了芝麻秸儿，踩上去咯咯吱吱响，这一切当然有趣，可是寒风凛冽，吹得小脸儿通红，也就很不舒服。炕桌上呼卢喝雉，没有孩子的分。压岁钱不是白拿，要叩头如捣蒜。大厅上供着祖先的影像，长辈指点曰："这是你的曾祖父，曾祖母，高祖父，高祖母……"虽然都是岸然道貌微露慈祥，我尚不能领略慎终追远的意义。"姑娘爱花小子要炮……"我却怕那大麻雷子、二踢脚子。别人放鞭炮，我躲在屋里捂着耳朵。每人分一包杂拌儿，哼，看那桃脯、蜜枣沾上的一层灰尘，怎好往嘴里送？年夜饭照例是特别丰盛的。大年初几不动刀，大家歇工，所以年菜事实上即是大锅菜。大锅的炖肉，加上粉丝是一味，加上蘑菇又是一味；大锅的炖鸡，加上冬笋是一味，加上番薯又是一味，都放在特大号的锅、罐子、盆子里，此后随取随吃，大概历十余日不得罄，事实上是天天打扫剩菜。满缸的馒头，满缸的腌白菜，满缸的咸疙瘩，不知道什么时候才可以见底。芥末堆儿、素面筋、十香菜比较的受欢迎。除夕夜，一交子时，煮饽饽端上来了。我困得低枝倒挂，哪有胃口去吃？胡乱吃两个，倒头便睡，不知东方之既白。

初一特别起得早，梳小辫儿，换新衣裳，大棉袄加上一件新蓝布罩袍、黑马褂、灰鼠绒绿鼻脸儿的靴子。见人就得请安，口说："新喜。"日上三竿，骡子轿车已经套好，跟班的捧着拜匣，奉命到几家最亲近的人家拜年去也。如果运气好，人家"挡驾"，最好不过，递进一张帖子，掉头就走。否则一声"请"，便得升堂入室，至少要朝上磕三个头，才算礼成。这个差事我当过好几次，从心坎儿觉得窝囊。

民国前一两年，我的祖父母相继去世，由我父亲领导在家庭生活方式上做维新运动，革除了许多旧习，包括过年的仪式在内。我不再奉派出去挨门磕头拜年。我从此不再是磕头虫儿。过年不再做年菜，而向致美斋定做八道大菜及若干小菜，分装四个圆笼，除日挑到家中，自己家里也购备一些新鲜菜蔬以为辅佐。一连若干天顿顿吃煮饽饽的怪事，也不再在我家出现。我父亲说："我愿在哪一天过年就在哪一天过年，何必跟着大家起哄？"逛厂甸，我们是一定要去的，不是为了喝豆汁儿、吃煮豌豆，或是那大糖葫芦，是为了要到海王村和火神庙去买旧书。白云观我们也去过一次，一路上吃尘土，庙里面人挤人，哪里有神仙可会，我再也不作第二次想。过年时，我最难忘的娱乐之一是放风筝，风和日丽的时候，独自在院子里挑起一根长竹竿，一手扶竿，一手持线桃子，看着风筝冉冉上升，御风而起，一霎时遇到罡风，稳稳地停在半天空，这时候虽然冻得涕泗横流，而我心滋乐。

民国元年初，大总统袁世凯嗾使曹锟驻禄米仓部队兵变，大掠平津，那一天正是阴历正月十二，给万民欢腾的新年假期做了一个悲惨而荒谬的结束，从此每个新年我心里就有一个驱不散的阴影。大家都说恭贺新喜，我不知喜从何来。

小　账

　　小账是我们中国的一种坏习惯，在外国许多地方也有小账，但不像我们的小账制度那样的周密、认真、麻烦，常常令人不快。我们在饭馆里除了小账加一之外还要小账，理发洗澡要小账，坐轮船火车要小账，雇汽车要小账，甚而至于坐人力车坐轿子，车夫轿夫也还会要饶一句："道谢两白钱！"

　　小账制度的讨厌在于小账没有固定的数目，给少了固然要遭白眼，给多了也是不妙，最好是在普通的数目上稍微多加那么一点点，庶几可收给小账之功而不被谥为猪头三。然而这就不容易，这需要有经验，老门槛。

　　在有些地方，饭馆的小账是省不得的，尤其是在北方，堂倌客气得很，你的小账便也要相当的慷慨。小账加一，甚至加二、加三、加四、加五，堂倌便笑容可掬，鞠躬如也，你才迈出门槛，就听见堂倌直着脖子大叫："送座，小账 × 元 × 角！"声音来得雄壮，调门来得高亢，气势来得威武，并且一呼百诺，一阵欢声把你直送出大门口，门口旁边还站着个把肥头胖耳的大块头，满面春风地弯腰打躬。小账之功效，有如此者。假如你的小账给得太少，譬如吃了九角八分面你给大洋一元还说"不用找啦"，那你就准备着看一张丧气的脸罢！堂倌绝不隐恶扬善，他是很公道的，你的"恶"他也要"扬"一下，他会怪声怪气地大吼一声："小账二分……"门外还有人应声："啊！二分！谢谢！"你只好臊不搭地溜之乎也。听说有一个人吃完饭放了二分钱在桌上，堂倌性急了一点儿，大叫："小账二分！"那个人羞恼成怒，把那两分钱拿起来放进衣袋去，堂倌接着又叫："又收回去了！"

一个外国传教士曾记载着：

"中国的客栈饭馆和澡堂一类场所有一种规矩，就是在客人付账之后，接受银钱的堂倌一定要高声报告小账的数目，这种规矩表面上好像是替客人拉面子，表示他如何阔绰（或其反面），也确有初次出门的客人这样想的；但实际上是让其他的堂倌们知道，他并没有揩什么油，小账是大家平均分配的，经收的他是'涓滴归公'了的。（见潘光旦先生著：《民族特性与民族卫生》一四五页，商务版）这观察固然是很对的，但是多付小账能有意想不到之效力，也是事实。在饭馆多付几成小账，以后你去了便受特别优待，你要一盘烩虾仁，堂倌便会附耳过来说：'二爷，不用吃虾仁了，不新鲜！'虾仁究竟新鲜与否是另一问题，单是这一句话显得多么亲切有味！在澡堂里于六角之外另给小账六角，给过几次之后，你再去，堂倌老远地就望见你，心里说：'六角的来了！'"

记得老舍先生有一篇小说，提起火车里的查票人的几副面孔，在三等车里两个查票人都板着面孔，在二等车里一个板面孔一个露笑脸，在头等车里两个人都带笑容。我们不能不佩服老舍先生形容尽致。不过你们注意过火车上的小账没有？坐二三等车的人不能省小账，你给了之后茶房还会嘟嘟囔囔地说："请你老再回回手！"你回了手之后，他还要咂嘴摇头，勉强算是饶了你这一遭，并不满意。可是在头等车里很少有此等事，小账随便给，并无闲话听。原因很简单，他不知你是何许人，不敢啰唆。轮船里的大餐间，也有类似情形。陇海线、浙赣线均不许茶房收小账，规矩很好，有些花钱的老爷们偏要破坏这规矩，其实是不该的。

考小账制度之所以这样发达，原因不外乎两个，一个是劳苦的工役薪俸太低，一个是有钱的人要凭借金钱的势力去买得格外的舒服。

劳力者的待遇，就一般论，实在太低。出卖劳力的人，一个月的薪俸只有十块八块，这是很普通的事，每月挣五六块的薪金而每月分小账可以分列三五十元，这也是很普通的事。为了贪求小账，劳动者便不能不低声下气地去伺候顾主，这固然也有好处，然而这种制度对于劳动者是不公道的，因为小账近于"恩惠"，而不是应得的报酬。广东有许多地方不要小账，那精神是可取的。要取消小账制度，劳力者的人格才得更受尊敬。在业主方面着想，小账是最好不过，这负担是出自顾客方面，而且因此还可以把业主的负担（薪金）减轻。

富有的人并不嫌小账为多事。常言道："有钱能使鬼推磨。"有钱的人往往就想：我有钱，什么事都办得到，多费几个钱算什么！在北平听过戏的人应该知道所谓"飞票"。好戏上场，总是很晚的，富有阶级的人无须早临而得佳座，因为卖"飞票"的人在门口守候着，拿着预先包销的佳座的票子向你兜售，你只消比戏价多出百分之五十作小账，第二排、第三排便随你挑选，假如再多付一点儿小账，等一会儿还会有一小壶特别体己好茶送到你的跟前。有钱的人不必守规矩，钱就是规矩。火车站买票也是苦事，然而老于此道者亦无须着急，尽管到候车室里吸烟、品茶，茶房会从票房的后门进去替你办得妥妥帖帖，省你一身大汗，费你几角小账。只要有钱，就有办法。假如没有小账制度，有钱也是不成，大家都得守规矩，有钱的人和没钱的人不是平等了吗？

我提议：一、把劳苦的人的工资提高；二、把小账的制度取缔一下，例如饭馆既有堂彩加一的办法，就不必另收小账（改作加二也好）；三、公用机关和大企业要首先倡导打破小账制度，这事说起来容易，一时自然办不到。可是我还要说！

放风筝

偶见街上小儿放风筝,拖着一根棉线满街跑,嬉戏为欢,状乃至乐。那所谓风筝,不过是竹篾架上糊一点纸,一尺见方,顶多底下缀着一些纸穗,其结果往往是绕挂在街旁的电线上。

常因此想起我小时候在北平放风筝的情形。我对放风筝有特殊的癖好,从孩提时起直到三四十岁,遇有机会从没有放弃过这一有趣的游戏。在北平,放风筝有一定的季节,大约总是在新年过后开春的时候为宜。这时节,风劲而稳。严冬时风很大,过于凶猛,春季过后则风又嫌微弱了。开春的时候,蔚蓝的天,风不断地吹,最好放风筝。

北平的风筝最考究。这是因为北平的有闲阶级的人多,如八旗子弟,凡属耳目声色之娱的事物都特别发展。我家住在东城,东四南大街,在内务部街与史家胡同之间有一个二郎庙,庙旁边有一风筝铺，铺主姓于，人称"风筝于"。他做的风筝在城里颇有小名。我家离他近，买风筝特别方便。他做的风筝，种类繁多，如肥沙雁、瘦沙雁、龙井鱼、蝴蝶、蜻蜓、鲇鱼、灯笼、白菜、蜈蚣、美人儿、八卦、蛤蟆以及其他形形色色。鱼的眼睛是活动的，放起来滴溜溜地转，尾巴拖得很长，临风波动。蝴蝶蜻蜓的翅膀也有软的，波动起来也很好看。风筝的架子是竹制的，上面绷起高丽纸面，讲究的要用绢绸，绘制很是精致，彩色缤纷。风筝于的出品，最精彩的是"提线"拴得角度准确，放起来不"折筋斗"，平平稳稳。风筝小者三尺，大者一丈以上，通常在家里玩玩由三尺到七尺就很够。新年厂甸开放，风筝摊贩也很多，品质也还可以。

放风筝的线，小风筝用棉线即可，三尺以上就要用棉线数绺捻成的"小线"。小线也有粗细之分，视需要而定。考究的要用"老弦"：取其坚牢，而且分量较轻，放起来可以扭成直线，不似小线之动辄出一圆兜。线通常绕在竹制的可旋转的"线桃子"上。讲究的是硬木制的线桃子，旋转起来特别灵活迅速。用食指打一下，桃子即转十几转，自然地把线绕上去了。

有人放风筝，尤其是较大的风筝，常到城根或其他空旷的地方去，因为那里风大，一抖就起来了。尤其是那一种特制的巨型风筝，名为"拍子"，长方形的，方方正正没有一点花样，最大的没有超过九尺。北平的住宅都有个院子，放风筝时先测定风向，要有人带起一根大竹竿，竿顶置有铁叉头或铜叉头（即挂画所用的那种叉子），把风筝挑起，高高地举起到房檐之上，等着风一来，一抖，风筝就飞上天去，竹竿就可以撤了，有时候风不够大，举竹竿的人还要爬上房去踞坐在房脊上面。有时候，费了不少手脚，而风姨不至，只好废然作罢，不过这种扫兴的机会并不太多。

风筝和飞机一样，在起飞的时候和着陆的时候最易失事。电线和树都是最碍事的，须善为躲避。风筝一上天，就没有事，有时候进入罡风境界，直不需用手牵着，大可以把线拴在屋柱上面，自己进屋休息，甚至拴一夜，明天再去收回。春寒料峭，在院子里久了会冻得涕泗交流，线弦有时也会把手指勒得青痛，甚至出血，是需要到屋里去休息取暖的。

风筝之"筝"字，原是一种乐器，似瑟而十三弦。所以顾名思义，风筝也是要有声响的。《询刍录》云："五代李邺于宫中作纸鸢，引线乘风为戏，后于鸢首，以竹为笛，使风入竹，声如筝鸣。"这记载是对的。不过我们在北平所放的风筝，倒不是"以竹为笛"，带响的风筝是两种，一种是带锣鼓的，一种是带弦弓的，二者兼备的当然也不是没有。所谓锣鼓，即是利用风车的原理捶打纸制的小鼓，清脆可听。弦弓的声音更为悦耳。有高骈《风筝》诗为证：

夜静弦声响碧空，宫商信任往来风。
依稀似曲才堪听，又被风吹别调中。

我以为放风筝是一件颇有情趣的事。人生在世上，局促在一个小圈圈里，大概没有不想偶然远走高飞一下的。出门旅行，游山逛水，是一个办法，然亦不可常得。放风筝时，手牵着一根线，看风筝冉冉上升，然后停在高空，这时节仿佛自己也跟着风筝飞起了，俯瞰尘寰，怡然自得。我想这也许是自己想飞而不可得，一种变相的自我满足罢。春天的午后，看着天空飘着别人家放起的风筝，虽然也觉得很好玩，究不若自己手里牵着线的较为亲切，那风筝就好像是载着自己的一片心情上了天。真是的，在把风筝收回来的时候，心里泛起一种异样的感觉，好像是游罢归来，虽然不是扫兴，至少也是尽兴之后的那种疲惫状态，懒洋洋的，无话可说，从天上又回到了人间，从天上翱翔又回到匍匐地上。

放风筝还可以"送幡"（俗呼为"送饭儿"）。用铁丝圈套在风筝线上，圈上附一长纸条，在放线的时候铁丝圈和长纸条便被风吹着慢慢地滑上天去，纸幡在天空飞荡，直到抵达风筝脚下为止。在夜间还可以把一盏一盏的小红灯笼送上去，黑暗中不见风筝，只见红灯朵朵在天上游来游去。

放风筝有时也需要一点点技巧。最重要的是在放线松弛之间要控制得宜。风太劲，风筝陡然向高处跃起，左右摇晃，把线拉得绷紧，这时节一不小心风筝便会倒栽下去。栽下去不要慌，赶快把线一松，它立刻又会浮起，有时候风筝已落到视线所不能及的地方，依然可以把它挽救起来，凡事不宜操之过急，放松一步，往往可以化险为夷，放风筝亦一例也。技术差的人，看见风筝要栽筋斗，便急忙往回收，适足以加强其危险性，以至于不可收拾。风筝落在树梢上也不要紧，这时节也要把线放松，乘风势轻轻一扯便会升起，性急的人用力拉，便愈纠缠不清，直到把风筝扯碎为止。在风力弱的时候，风筝自然要下降，线成兜形，便要频频扯抖，尽量放线，然后再及时收回，一松一紧，风筝可以维持于不坠。

　　好斗是人的一种本能。放风筝时也可表现出战斗精神。发现邻近有风筝飘起，如果位置方向适宜，便可向它斗争。法子是设法把自己的风筝放在对方的线兜之下，然后猛然收线，风筝陡的直线上升，势必与对方的线兜交缠在一起，两只风筝都摇摇欲坠，双方都急于向回扯线，这时候就要看谁的线粗，谁的手快，谁的地势优了。优胜的一方面可以扯回自己的风筝，外加一只俘虏，可能还有一段的线。我在一季之中，时常可以俘获四五只风筝。把俘获的风筝放起，心里特别高兴，好像是在炫耀自己的胜利品，可是有时候战斗失利，自己的风筝被俘，过一两天看着自己的风筝在天空飘荡，那便又是一种滋味了。这种斗争并无伤于睦邻之道，这是一种游戏，不发生侵犯领空的问题，并且风筝也只好玩一季，没有人肯玩隔年的风筝。迷信说隔年的风筝不吉利，这也许是卖风筝的人造的谣言。

叁

人间的烟火

吃　相

　　一位外国朋友告诉我，他旅游西南某地的时候，偶于餐馆进食，忽闻壁板砰砰作响，其声清脆，密集如连珠炮，向人打听才知道是邻座食客正在大啖其糖醋排骨。这一道菜是这餐馆的拿手菜，顾客欣赏这个美味之余，顺嘴把骨头往旁边喷吐，你也吐，我也吐，所以把壁板打得叮叮哨哨响。不但顾客为之快意，店主听了也觉得脸上光彩，认为这是大家为他捧场。这位外国朋友问我这是不是国内各地普遍的风俗，我告诉他我走过十几省还不曾遇见过这样的场面，而且当场若无壁板设备，或是顾客嘴部筋肉不够发达，此种盛况即不易发生。可是我心中暗想，天下之大，无奇不有，这样的事恐怕亦不无发生的可能。

　　《礼记》有"毋啮骨"之诫，大概包括啃骨头的举动在内。

糖醋排骨的肉与骨是比较容易脱离的，大块的骨头上所连带着的肉若是用牙齿咬断下来，那龇牙咧嘴的样子便觉不大雅观。所以"割不正不食""席不正不食"都是对于在桌面上进膳的人而言，啃骨应该是桌底下另外一种动物所做的事。不要以为我们一部分人把排骨吐得噼啪响便断定我们的吃相不佳。各地有各地的风俗习惯。世界上至今还有不少地方是用手抓食的。听说他们是用右手取食，左手则专供做另一种肮脏的事，不可混用，可见也还注重清洁。我不知道像咖喱鸡饭一类黏糊糊儿的东西如何用手指往嘴里送。用手取食，原是古已有之的老法。罗马皇帝尼禄大宴群臣，他从一只硕大无比的烤鹅身上扯下一条大腿，手举着鼓槌，歪着脖子啃而食之，那副贪得无厌的饕餮相我们可于想象中得之。罗马的光荣不过尔尔，等而下之不必论了。欧洲中古时代，餐桌上的刀叉是奢侈品，从十一世纪到十五世纪不曾被普遍使用，有些人自备刀叉随身携带，这种作风一直延至十八世纪还偶尔可见。据说在酷嗜通心粉的国度里，市廛道旁随处都有贩卖通心粉（与不通心粉）的摊子，食客都是伸出右手像是五股钢叉一般把粉条一卷就送到口里，干净利落。

不要耻笑西方风俗鄙陋，我们泱泱大国自古以来也是双手万能。《礼记》："共饭不泽手。"吕氏注曰："不泽手者，古之饭者以手，与人共饭，摩手而有汗泽，人将恶之而难言。"饭前把手洗洗揩揩也就是了。樊哙把一块生猪肘子放在铁盾上拔剑而啖之，那是鸿门宴上的精彩节目，可是那个吃相也就很可观了。我们不愿意在餐桌上挥刀舞叉，我们的吃饭工具主要的是筷子，筷子即箸，古称饭梜。细细的两根竹筷，搦在手上，运动自如，能戳、能夹、能撮、能扒，神乎其技。不过我们至今也还有用手进食的地方，像从兰州到新疆，"抓饭""抓肉"都是很驰名的。我们即使运用筷子，也不能不有相当的约束，若是频频夹取如金鸡乱点头，或挑肥拣瘦地在盘碗里翻翻弄弄如拨草寻蛇，就不雅观。

餐桌礼仪，中西都有一套。外国的餐前祈祷，兰姆的描写可谓淋漓尽致。家长在那里低头闭眼口中念念有词，孩子们很少不在那里做鬼脸的。我们幸而极少宗教观念，小时候不敢在碗里留下饭粒，是怕长大了娶麻子媳妇，不敢把饭粒落在地上，是怕天打雷劈。喝汤而不准吮吸出声是外国规矩，我想这规矩不算太苛，因为外国的汤盆很浅，好像都是狐狸请鹭鸶吃饭时所使用的器皿，一盆汤端到桌上不可能是烫嘴热的，慢一点灌进嘴里去就可以不至于出声。若是喝一口我们的所谓"天下第一菜"口蘑锅巴汤而不出一点声音，岂不强人所难？从前我在北方家居，邻户是一个治安机关，隔着一堵墙，墙那边经常有几十口子在院子里进膳，我可以清晰地听到"呼噜，呼噜，呼—噜"的声响，然后是"咔嚓！"一声。他们是在吃炸酱面，于猛吸面条之后咬一口生蒜瓣。

餐桌的礼仪要重视，不要太重视。外国人吃饭不但要席正，而且挺直腰板，把食物送到嘴边。我们"食不厌精，脍不厌细"，要维持那种姿势便不容易。我见过一位女士，她的嘴并不比一般人小多少，但是她喝汤的时候真能把上下唇撮成一颗樱桃那样大，然后以匙尖触到口边徐徐吮饮之。这和把整个调羹送到嘴里面的人比较起来，又近于矫枉过正了。人生贵适意，在环境许可的时候是不妨稍为放肆一点。吃饭而能充分享受，没有什么太多礼法的约束，细嚼烂咽，或风卷残云，均无不可，吃的时候怡然自得，吃完之后抹抹嘴鼓腹而游，像这样的乐事并不常见。我看见过两次真正痛快淋漓的吃，印象至今犹新。一次在北京的"灶温"，那是一爿道地的北京小吃馆。棉帘启处，进来了一位赶车的，即是赶轿车的车夫，辫子盘在额上，衣襟掀起塞在褡布底下，大摇大摆，手里托着菜叶裹着的毛猪肉一块，提着一根马兰系着的一撮韭黄，把食物往柜台上一拍："掌柜的，烙一斤饼！再来一碗炖肉！"等一下，肉丝炒韭黄端上来了，两张家常饼一碗炖肉也端上来了。他把菜肴分为两份，一份倒在一张饼上，把饼一卷，比拳头要粗，两手扶着矗立在盘子上，张开血盆巨口，左一口，右一口，中间一口！不大的工夫，一张饼下肚，又一张也不见了，直吃得他青筋暴露满脸大汗，挺起腰身连打两个大饱嗝。又一次，我在青岛寓所的后山坡上看见一群石匠在凿山造房，晌午歇工，有人送饭，打开笼屉热气腾腾，里面是半尺来长的发面蒸饺，工人蜂拥而上，每人拍拍手掌便抓起饺子来咬，饺子里面露出绿韭菜馅。又有人挑来一桶开水，上面漂着一个瓢，一个个红光满面围着桶舀水吃。这时候又有挑着大葱的小贩赶来兜售那像甘蔗一般粗细的大葱，登时又人手一截，像是饭后进水果一般。上面这两个景象，我久久不能忘，他们都是自食其力的人，心里坦荡荡的，饥来吃饭，取其充腹，管什么吃相！

请　客

　　常听人说："若要一天不得安，请客；若要一年不得安，盖房；若要一辈子不得安，娶姨太太。"请客只有一天不得安，为害不算太大，所以人人都觉得不妨偶一为之。

　　所谓请客，是指自己家里邀集朋友便餐小酌，至于在酒楼饭店"铺筵席，陈尊俎"，呼朋引类，飞觞醉月，享用的是金樽清酒，玉盘珍馐，最后一哄而散，由经手人员造账报销，那种宴会只能算是一种病狂或是罪孽，不提也罢。

　　妇主中馈，所以要请客必须先归而谋诸妇。这一谋，有分教，非十天半月不能获致结论，因为问题牵涉太广，不能一言而决。

　　首先要考虑的是请什么人。主客当然早已内定，陪客的甄选大费酌量。眼睛生在眉毛上边的宦场中人、吃不饱饿不死的教书匠、一身铜臭的大腹贾、小头锐面的浮华少年……若是聚在一个桌上吃饭，便有些像是鸡兔同笼，非常勉强。把素未谋面的人拘在一起，要他们有说有笑，同时食物都能顺利地从咽门下去，也未免强人所难。主人从中调处，殷勤了这一位，怠慢了那一位，想找一些大家都有兴趣的话题亦非易事。所以客人需要分类，不能鱼龙混杂。客的数目视设备而定，若是能把所有该请的客人一网打尽，自然是经济算盘，但是算盘亦不可打得太精。再大的圆桌面也不过能坐十三四个体态中型的人。说来奇怪，客人单身者少，大概都有宝眷，一请就是一对，一桌只好当半桌用。有人请客宽发笺帖，心想总有几位心领谢谢，万想不到人人惠然肯来，而且还有一位特别要好带来一个七八岁的小宝宝！主人慌忙添座，客人谦让："孩子坐我腿上！"大家挤挤攘攘，其中还不乏中年发福之士，把圆桌围得密不通风，上菜需飞越人头，斟酒要从耳边下注，前排客满，主人在二排敬陪。

拟菜单也不简单。任何家庭都有它的招牌菜。可惜很少人肯用其所长，大概是以平素见过的饭馆酒席的局面作为蓝图。家里有厨师、厨娘，自然一声吩咐，不再劳心，否则主妇势必亲自下厨操动刀俎。主人多半是擅长理论，真让他切葱剥蒜都未必能够胜任。所以拟定菜单，需要自知之明，临时"钻锅"翻看食谱未必有济于事。四冷荤、四热炒、四压桌，外加两道点心，似乎是无可再减，大鱼大肉，水陆杂陈，若不能使客人连串地打饱嗝，不能算是尽兴。菜单拟定的原则是把客人一个个地填得嘴角冒油。而客人所希冀的也往往是一场牙祭。有人以水饺宴客，馅子是猪肉菠菜，客人咬了一口，大叫："哟，里面怎么净是青菜！"一般人还是欣赏肥肉厚酒，管它是不是烂肠之食！

客人需要分类，不能鱼龙混杂。客的数目视设备而定，若是能把所有该请的客人一网打尽，自然是经济算盘，但是算盘亦不可打得太精。

宴客的吉日近了，主妇忙着上菜市，挑挑拣拣，拣拣挑挑，又要物美又要价廉，装满两个篮子，半途休憩好几次才能气喘汗流地回到家。泡的，洗的，剥的，切的，闹哄一两天，然后丑媳妇怕见公婆也不行，吉日到了。客人早已折简相邀，难道还会不肯枉驾？不，守时不是我们的传统。准时到达，岂不像是"头如穹庐咽细如针"的饿鬼？要让主人干着急，等他一催请再催请，然后徐徐命驾，姗姗来迟，这才像是大家风范。当然朋友也有特别性急而提早莅临的，那也使得主人措手不及慌成一团。客人的性格不一样，有人进门就选一个比较好的座位，两脚高架案上，真是宾至如归；也有人寒暄两句便一头扎进厨房，声称要给主妇帮忙，系着围裙伸着两只油手的主妇连忙谦谢不迭。等到客人到齐，无不饥肠辘辘。

　　落座之前还少不了你推我让的一幕。主人指定座位，时常无效，除非事前摆好名牌，而且写上官衔，分层排列，秩序井然。敬酒按说是主人的责任，但是也时常有热心人士代为执壶，而且见杯即斟，每斟必满。不知是什么时候什么人兴出来的陋习，几乎每个客人都会双手举杯齐眉，对着在座的每一位客人敬酒，一霎间敬完一圈，但见杯起杯落，如"兔儿爷捣碓"。不喝酒的也要把汽水杯子高高举起，虚应故事，喝酒的也多半是拎眉皱眼地抿那么一小口。一大盘热乎乎的东西端上来了，像翅羹，又像糨糊，一人一勺子，盘底花纹隐约可见，上面洒着的一层芫荽不知被哪一位像芟除毒草似的拨到了盘下，又不知被哪一位从盘下夹到嘴里吃了。还有人坚持海味非蘸醋不可，高呼要醋，等到一碟"忌讳"送上台面海味早已不见了。菜是一道一道地上，上一道客人喊一次"太丰富，太丰富"，然后埋头大嚼，不敢后人。主人照例谦称："不成敬意，家常便饭。"心直口快的客人就许提出疑问："这样的家常便饭，怕不要吃穷了？"主人也只好扑哧一笑而罢。将近尾声的时候，大概总有一位要先走一步，因为还有好几处应酬。这时候主妇踱了进来，红头涨脸，额角上还有几颗没揩干净的汗珠，客人举起空杯向她表示慰劳之意，她坐下胡乱吃一些残羹剩炙。

席终，香茗水果伺候，客人靠在椅子上剔牙，这时节应该是客去主人安了。但是不，大家雅兴不浅，谈锋尚健，饭后磕牙，海阔天空，谁也不愿首先言辞，致败人意。最后大概是主人打了一个哈欠而忘了掩口，这才有人提议散会。天下无不散之筵席，奈何奈何？不要以为席终人散，立即功德圆满，地上有无数的瓜子皮、纸烟灰，桌上杯碟狼藉，厨房里有堆成山的盘碗锅勺，等着你办理善后！

酸梅汤与糖葫芦

　　夏天喝酸梅汤，冬天吃糖葫芦，在北平是各阶级人人都能享受的事。不过东西也有精粗之别。琉璃厂信远斋的酸梅汤与糖葫芦，特别考究，与其他各处或街头小贩所供应者大有不同。

　　徐凌霄《旧都百话》关于酸梅汤有这样的记载：

　　暑天之冰，以冰梅汤为最流行，大街小巷，干鲜果铺的门口，都可以看见"冰镇梅汤"四字的木檐横额。有的黄底黑字，甚为工致，迎风招展，好似酒家的帘子一样，使过往的热人，望梅止渴，富于吸引力。昔年京朝大老，贵客雅流，有闲工夫，常常要到琉璃厂逛逛书铺，品品古董，考考版本，消磨长昼。天热口干，辄以信远斋梅汤为解渴之需。

信远斋铺面很小，只有两间小小门面，临街是旧式玻璃门窗，拂拭得一尘不染，门楣上一块黑漆金字匾额，铺内清洁简单，道地北平式的装修。进门右手方有黑漆大木桶一，里面有一大白瓷罐，罐外周围全是碎冰，罐里是酸梅汤，所以名为冰镇，北平的冰是从什刹海或护城河挖取藏在窖内的，冰块里可以看见草皮木屑，泥沙秽物更不能免，是不能放在饮料里喝的。

什刹海会贤堂的名件"冰碗"，莲蓬桃仁杏仁菱角藕都放在冰块上，食客不嫌其脏，真是不可思议。有人甚至把冰块放在酸梅汤里！信远斋的冰镇就高明多了。因为桶大罐小冰多，喝起来凉沁脾胃。它的酸梅汤的成功秘诀，是冰糖多、梅汁稠、水少，所以味浓而酽。上口冰凉，甜酸适度，含在嘴里如品纯醪，舍不得下咽。很少人能站在那里喝那一小碗而不再喝一碗的。

抗战胜利还乡，我带孩子们到信远斋，我准许他们能喝多少碗都可以。他们连尽七碗方始罢休。我每次去喝，不是为解渴，是为解馋。我不知道为什么没有人动脑筋把信远斋的酸梅汤制为罐头行销各地，而一任"可口可乐"到处猖狂。

信远斋也卖酸梅卤、酸梅糕。卤冲水可以制酸梅汤，但是无论如何不能像站在那木桶旁边细啜那样有味。我自己在家也曾试做，在药铺买了乌梅，在干果铺买了大块冰糖，不惜工本，仍难如愿。信远斋掌柜姓萧，一团和气，我曾问他何以仿制不成，他回答得很妙："请您过来喝，别自己费事了。"

信远斋也卖蜜饯、冰糖子儿、糖葫芦。以糖葫芦为最出色。北平糖葫芦分三种。一种用麦芽糖，北平话是糖稀，可以做大串山里红的糖葫芦，可以长达五尺多，这种大糖葫芦，新年厂甸卖得最多。麦芽糖裹水杏儿（没长大的绿杏），很好吃，做糖葫芦就不见佳，尤其是山里红常是烂的或是带虫子屎。另一种用白糖和了粘上去，冷了之后白汪汪的一层霜，另有风味。

正宗是冰糖葫芦，薄薄一层糖，透明雪亮。材料种类甚多，诸如海棠、山药、山药豆、杏干、葡萄、橘子、荸荠、核桃，但是以山里红为正宗。山里红，即山楂，北地盛产，味酸，裹糖则极可口。一般的糖葫芦皆用半尺来长的竹签，街头小贩所售，多染尘沙，而且品质粗劣。东安市场所售较为高级。但仍以信远斋所制为最精，不用竹签，每一颗山里红或海棠均单个独立，所用之果皆硕大无疵，而且干净，放在垫了油纸的纸盒中由客携去。

离开北平就没吃过糖葫芦，实在想念。近有客自北平来，说起糖葫芦，据称在北平这种不属于任何一个阶级的食物几已绝迹。他说我们在台湾自己家里也未尝不可试做，台湾虽无山里红，其他水果种类不少，沾了冰糖汁，放在一块涂了油的玻璃板上，送入冰箱冷冻，岂不即可等着大嚼？他说他制成之后将邀我共尝，但是迄今尚无下文，不知结果如何。

饺　子

　　"好吃不过饺子，舒服不过倒着。"这是北方乡下的一句俗语，北平城里的人不说这句话。因为北平人过去不说饺子，都说"煮饽饽"，这也许是满洲语。我到了十四岁才知道煮饽饽就是饺子。

　　北方人，不论贵贱，都以饺子为美食。钟鸣鼎食之家有的是人力财力，吃顿饺子不算一回事。小康之家要吃顿饺子要动员全家老少，和面、擀皮、剁馅、包捏、煮，忙成一团，然而亦趣在其中。年终吃饺子是天经地义，有人胃口特强，能从初一到十五顿顿饺子，乐此不疲。当然连吃两顿就告饶的也不是没有。至于在乡下，吃顿饺子不易，也许要在姑奶奶回娘家时候才能有此豪举。

　　饺子的成色不同，我吃过最低级的饺子。抗战期间有一年除夕我在陕西宝鸡，餐馆过年全不营业，我踯躅街头，遥见铁路旁边有一草棚，灯火荧然，热气直冒，乃趋就之，竟是一间饺子馆。我叫了二十个韭菜馅饺子，店主还抓了一把带皮的蒜瓣给我，外加一碗热汤。我吃得一头大汗，十分满足。

我也吃过顶精致的一顿饺子。在青岛顺兴楼宴会，最后上了一钵水饺，饺子奇小，长仅寸许，馅子却是黄鱼韭黄，汤是清澈而浓的鸡汤，表面上还漂着少许鸡油。大家已经酒足菜饱，禁不住诱惑，还是给吃得精光，连连叫好。

做饺子第一面皮要好。店肆现成的饺子皮，碱太多，煮出来滑溜溜的，咬起来韧性不足。所以一定要自己和面，软硬合度，而且要多醒一阵子。盖上一块湿布，防干裂。擀皮子不难，久练即熟，中心稍厚，边缘稍薄。包的时候一定要用手指捏紧。有些店里伙计包饺子，用拳头一握就是一个，快则快矣，煮出来一个个的面疙瘩，一无是处。

饺子馅各随所好。有人爱吃荠菜，有人怕吃茴香。有人要薄皮大馅，最好是一兜儿肉，有人愿意多羼青菜。（有一位太太应邀吃饺子，咬了一口大叫，主人以为她必是吃到了苍蝇蟑螂什么的，她说："怎么，这里面全是菜！"主人大窘。）
有人以为猪肉冬瓜馅最好，有人认定羊肉白菜馅为正宗。韭
菜馅有人说香，有人说臭，天下之口并不一定同嗜。

　　冷冻饺子是不得已而为之，还是新鲜的好。据说新发明
了一种制造饺子的机器，一贯作业，整治迅速，我尚未见过。
我想最好的饺子机器应该是——人。

　　吃剩下的饺子，冷藏起来，第二天油锅里一炸，炸得焦
黄，好吃。

芙蓉鸡片

在北平，芙蓉鸡片是东兴楼的拿手菜。请先说说东兴楼。东兴楼在东华门大街路北，名为楼其实是平房，三进又两个跨院，房子不算大，可是间架特高，简直不成比例，据说其间还有个故事。当初兴建的时候，一切木料都已购妥，原是预备建筑楼房的，经人指点，靠近皇城根儿盖楼房有窥视大内的嫌疑，罪不在小，于是利用已有的木材改造平房，间架特高了。据说东兴楼的厨师来自御膳房，所以烹调颇有一手，这已不可考。其手艺属于烟台一派，格调很高。在北京山东馆子里，东兴楼无疑的当首屈一指。

一九二六年夏，时昭瀛自美国回来，要设筵邀请同学一叙，央我提调，我即建议席设东兴楼。彼时燕翅席一桌不过十六元，小学教师月薪仅三十余元，昭瀛坚持要三十元一桌。

我到东兴楼吃饭，顺便订席。柜上闻言一惊，曰："十六元足矣，何必多费？"我不听。开筵之日，珍错杂陈，丰美自不待言。最满意者，其酒特佳。我吩咐茶房打电话到长发叫酒，茶房说不必了，柜上已经备好。原来柜上藏有花雕埋在地下已逾十年，取出一坛，羼以新酒，斟在大口浅底的细瓷酒碗里，色泽光润，醇香扑鼻，生平品酒此为第一。似此佳酿，酒店所无。而其开价并不特昂，专为留待嘉宾。当年北京大馆风范如此。预宴者吴文藻、谢冰心、瞿菊农、谢奋程、孙国华等。

北京饭馆跑堂都是训练有素的老手。剥蒜剥葱剥虾仁的小利巴，熬到独当一面的跑堂，至少要到三十岁左右的光景。对待客人，亲切周到而有分寸。在这一方面东兴楼规矩特严。我幼时侍先君饮于东兴楼，因上菜稍慢，我用牙箸在盘碗的沿上轻轻敲了叮当两响，先君急止我曰："千万不可敲盘碗作响，这是外乡客粗鲁的表现。你可以高声喊人，但是敲盘碗表示你要掀桌子。在这里，若是被柜上听到，就会立刻有人出面赔不是，而且那位当值的跑堂就要卷铺盖，真个的卷铺盖，有人把门帘高高掀起，让你亲见那个跑堂扛着铺盖卷儿从你门前急驰而过。不过这是表演性质，等一下他会从后门又转回来的。"跑堂待客要殷勤，客也要有相当的风度。

现在说到芙蓉鸡片。芙蓉大概是蛋白的意思，原因不明，"芙蓉虾仁""芙蓉干贝""芙蓉青蛤"皆曰芙蓉，料想是忌讳蛋字。取鸡胸肉，细切细斩，使成泥。然后以蛋白搅和之，搅到融和成为一体，略无渣滓，入温油锅中摊成一片片状。片要大而薄，薄而不碎，熟而不焦。起锅时加嫩豆苗数茎，取其翠绿之色以为点缀。如洒上数滴鸡油，亦甚佳妙。制作过程简单，但是在火候上恰到好处则见功夫。东兴楼的菜概用中小盘，菜仅盖满碟心，与湘菜馆之长箸大盘迥异其趣。或病其量过小，殊不知美食者不必是饕餮客。

抗战期间，东兴楼被日寇盘踞为队部。胜利后我返回故都，据闻东兴楼移帅府园营业，访问之后大失所望。盖已名存实亡，无复当年手艺。菜用大盘，粗劣庸俗。

烧　鸭

北平烤鸭，名闻中外。在北平不叫烤鸭，叫烧鸭，或烧鸭子，在口语中加一子字。

《北平风俗杂咏》严辰《忆京都词》十一首，第五首云：

忆京都·填鸭冠寰中

　　烂煮登盘肥且美，

　　加之炮烙制尤工。

　　此间亦有呼名鸭，

　　骨瘦如柴空打杀。

严辰是浙人，对于北平填鸭之倾倒，可谓情见乎词。

北平苦旱，不是产鸭盛地，唯近在咫尺之通州得运河之便，渠塘交错，特宜畜鸭。佳种皆纯白，野鸭花鸭则非上选。鸭自通州运到北平，仍需施以填肥手续。以高粱及其他饲料揉搓成圆条状，较一般香肠热狗为粗，长约四寸许。通州的鸭子师傅抓过一只鸭来，夹在两条腿间，使不得动，用手掰开鸭嘴。以粗长的一根根的食料蘸着水硬行塞入。鸭子要叫都叫不出声，只有眨巴眼的份儿。塞进口中之后，用手紧紧地往下捋鸭的脖子，硬把那一根根的东西挤送到鸭的胃里。填进几根之后，眼看着再填就要撑破肚皮，这才松手，把鸭关进一间不见天日的小棚子里。几十百只鸭关在一起，像沙丁鱼，绝无活动余地，只是尽量给予水喝。这样关了若干天，天天扯出来填，非肥不可，故名填鸭。一来鸭子品种好，二来师傅手艺高，所以填鸭为北平所独有。抗战时期在后方有一家餐馆试行填鸭，三分之一死去，没死的虽非骨瘦如柴，也并不很肥，这是我亲眼看到的。鸭一定要肥，肥才嫩。

北平烧鸭，除了专门卖鸭的餐馆如全聚德之外，是由便宜坊（即酱肘子铺）发售的。在馆子里亦可吃烤鸭，例如在福全馆宴客，就可以叫右边邻近的一家便宜坊送了过来。自从宣外的老便宜坊关张以后，要以东城的金鱼胡同口的宝华春为后起之秀，楼下门市，楼上小楼一角最是吃烧鸭的好地方。在家里，打一个电话，宝华春就会派一个小利巴，用保温的铅铁桶送来一只才出炉的烧鸭，油淋淋的，烫手热的。附带着他还管代蒸荷叶饼葱酱之类。他在席旁小桌上当众片鸭，手艺不错，讲究片得薄，每一片有皮有油有肉，随后一盘瘦肉，最后是鸭头鸭尖，大功告成。主人高兴，赏钱两吊，小利巴欢天喜地称谢而去。

填鸭费工费料，后来一般餐馆几乎都卖烧鸭，叫作叉烧烤鸭，连焖炉的设备也省了，就地一堆炭火一根铁叉就能应市。同时用的是未经填肥的普通鸭子，吹凸了鸭皮晾干一烤，也能烤得焦黄迸脆。但是除了皮就是肉，没有黄油，味道当然差得多。有人到北平吃烤鸭，归来盛道其美，我问他好在哪里，他说："有皮，有肉，没有油。"我告诉他："你还没有吃过北平烤鸭。"

所谓一鸭三吃，那是广告噱头。在北平吃烧鸭，照例有一碗滴出来的油，有一副鸭架装。鸭油可以蒸蛋羹，鸭架装可以熬白菜，也可以煮汤打卤。馆子里的鸭架装熬白菜，可能是预先煮好的大锅菜，稀汤洸水，索然寡味。会吃的人要把整个的架装带回家里去煮。这一锅汤，若是加口蘑（不是冬菇，不是香蕈）打卤，卤上再加一勺炸花椒油，吃打卤面，其味之美无与伦比。

蟹

蟹是美味，人人喜爱，无间南北，不分雅俗。当然我说的是河蟹，不是海蟹。在台湾有人专程飞到香港去吃大闸蟹。好多年前我的一位朋友从香港带回了一篓螃蟹，分饷了我两只，得膏馋吻。蟹不一定要大闸的，秋高气爽的时节，大陆上任何湖沼溪流，岸边稻米高粱一熟，率多盛产螃蟹。在北平，在上海，小贩担着螃蟹满街吆唤。

七尖八团，七月里吃尖脐（雄），八月里吃团脐（雌），那是蟹正肥的季节。记得小时候在北平，每逢到了这个季节，家里总要大吃几顿，每人两只，一尖一团。照例通知长发送五斤花雕全家共饮。有蟹无酒，那是大杀风景的事。《晋书·毕卓传》："右手持酒杯，左手持蟹螯，拍浮酒船中，便足了一生矣！"我们虽然没有那样狂，也很觉得乐陶陶了。

母亲对我们说，她小时候在杭州家里吃螃蟹，要慢条斯理，细吹细打，一点蟹肉都不能糟蹋，食毕要把破碎的蟹壳放在戥子上称一下，看谁的一份儿分量轻，表示吃得最干净，有奖。我心粗气浮，没有耐心，蟹的小腿部分总是弃而不食，肚子部分囫囵略咬而已。每次食毕，母亲教我们到后院采择艾尖一大把，搓碎了洗手，去腥气。

在餐馆里吃"炒蟹肉"，南人称蟹粉，有肉有黄，免得自己剥壳，吃起来痛快，味道就差多了。西餐馆把蟹肉剥出来，填在蟹匡里（蟹匡即蟹壳）烤，那种吃法别致，也索然寡味。食蟹而不失原味的唯一方法是放在笼屉里整只地蒸。在北平吃螃蟹唯一好去处是前门外肉市正阳楼。他家的蟹特大而肥，从天津运到北平的大批蟹，到车站开包，正阳楼先下手挑拣其中最肥大者，比普通摆在市场或摊贩手中者可以大一倍有余，我不知道他是怎样获得这一特权的。蟹到店中畜在大缸里，浇鸡蛋白催肥，一两天后才应客。我曾掀开缸盖看过，满缸的蛋白泡沫。食客每人一份小木槌小木垫，黄杨木制，旋床子定制的，小巧合用，敲敲打打，可免牙咬手剥之劳。我们因是老主顾，伙计送了我们好几副这样的工具。

这个伙计还有一样绝活，能吃活蟹，请他表演他也不辞。他取来一只活蟹，两指掐住蟹匡，任它双螯乱舞，轻轻把脐掰开，咔嚓一声把蟹壳揭开，然后扯碎入口大嚼，看得人无不心惊。据他说味极美，想来也和吃炝活虾差不多。在正阳楼吃蟹，每客一尖一团足矣，然后补上一碟烤羊肉夹烧饼而食之，酒足饭饱。别忘了要一碗氽大甲，这碗汤妙趣无穷，高汤一碗煮沸，投下剥好了的蟹螯七八块，立即起锅注在碗内，撒上芫荽末、胡椒粉，和切碎了的回锅老油条。除了这一味氽大甲，没有任何别的羹汤可以压得住这一餐饭的阵脚。以蒸蟹始，以大甲汤终，前后照应，犹如一篇起承转合的文章。

蟹黄蟹肉有许多种吃法，烧白菜，烧鱼唇，烧鱼翅，都可以。蟹黄烧卖则尤其可口，唯必须真有蟹黄蟹肉放在馅内才好，不是一两小块蟹黄摆在外面做样子的。蟹肉可以腌后收藏起来，是为蟹胥，俗名为蟹酱，这是我们古已有之的美味。《周礼·天官·庖人注》："青州之蟹胥。"青州在山东，我在山东住过，却不曾吃过青州蟹胥，但是我有一位家在芜湖的同学，他从家乡带了一小坛蟹酱给我。打开坛子，黄澄澄的蟹油一层，香气扑鼻。一碗阳春面，加进一两匙蟹酱，岂止是"清水变鸡汤"？

海蟹虽然味较差，但是个子粗大，肉多。从前我乘船路过烟台威海卫，停泊之后，舢板云集，大半是贩卖螃蟹和大虾的。都是煮熟了的，价钱便宜，买来就可以吃。虽然微有腥气，聊胜于无。生平吃海蟹最满意的一次，是在美国华盛顿州的安哲利斯港的码头附近，买得两只巨蟹，硕大无朋，从冰柜里取出，却十分新鲜，也是煮熟了的，一家人乘等候轮渡之便，在车上分而食之，味甚鲜美，和河蟹相比各有千秋，这一次的享受至今难忘。

陆放翁诗："磊落金盘荐糖蟹。"我不知道螃蟹可以加糖。可是古人记载确有其事。《清异录》："炀帝幸江州，吴中贡糖蟹。"《梦溪笔谈》："大业中，吴郡贡蜜蟹二千头。……又何胤嗜糖蟹。大抵南人嗜咸，北有嗜甘，鱼蟹加糖蜜，盖便于北俗也。"

如今北人没有这种风俗，至少我没有吃过甜螃蟹，我只吃过南人的醉蟹，真咸！螃蟹蘸姜醋，是标准的吃法，常有人在醋里加糖，变成酸甜的味道，怪！

佛跳墙

　　佛跳墙的名字好怪。何物美味竟能引得我佛失去定力跳过墙去品尝？我来台湾以前没听说过这一道菜。

　　《读者文摘》（一九八三年七月中文版）引载可叵的一篇短文《佛跳墙》，据她说佛跳墙"那东西说来真罪过，全是荤的，又是猪脚，又是鸡，又是海参、蹄筋，炖成一大锅，……这全是广告噱头，说什么这道菜太香了，香得连佛都跳墙去偷吃了"。我相信她的话，是广告噱头，不过佛都跳墙，我也一直地跃跃欲试。

　　同一年三月七日《青年战士报》有一位郑木金先生写过一篇《油画家杨三郎祖传菜名闻艺坛——佛跳墙耐人寻味》，他大致说："传自福州的佛跳墙……在台北各大餐馆正宗的佛跳墙已经品尝不到了。……偶尔在一般乡间家庭的喜筵里也会出现此道台湾名菜，大都以芋头、鱼皮、排骨、金针菇为主要配料。其实源自福州的佛跳墙，配料极其珍贵。杨太太许玉燕花了十多天闲工夫才能做成的这道菜，有海参、猪蹄筋、红枣、鱼刺、鱼皮、栗子、香菇、蹄膀筋肉等十种昂贵的配料，先熬鸡汁，再将去肉的鸡汁和这些配料予以慢工出细活的好几遍煮法，前后计时将近两星期……已不再是原有的各种不同味道，而合为一味。香醇甘美，齿颊留香，两三天仍回味无穷。"这样说来，佛跳墙好像就是一锅煮得稀巴烂的高级大杂烩了。

北方流行的一个笑话，出家人吃斋茹素，也有老和尚忍耐不住想吃荤腥，暗中买了猪肉运入僧房，乘大众入睡之后，纳肉于釜中，取佛堂燃剩之蜡烛头一罐，轮番点燃蜡烛头于釜下烧之。恐香气外溢，乃密封其釜使不透气。一罐蜡烛头于一夜之间烧光，细火久焖，而釜中之肉烂矣；而且酥软味腴，迥异寻常。戏名之为"蜡头炖肉"。这当然是笑话，但是有理。

我没有方外的朋友，也没吃过蜡头炖肉，但是我吃过"坛子肉"。坛子就是瓦钵，有盖，平常做储食物之用。坛子不需大，高半尺以内最宜。肉及佐料放在坛子里，不需加水，密封坛盖，文火慢炖，稍加冰糖。抗战时在四川，冬日取暖多用炭盆，亦颇适于做坛子肉，以坛置定盆中，烧一大盆缸炭，坐坛子于炭火中而以灰覆炭，使徐徐燃烧，约十小时后炭未尽成烬而坛子肉熟矣。纯用精肉，佐以葱姜，取其不失本味，如加配料以笋为最宜，因为笋不夺味。

"东坡肉"无人不知。究竟怎样才算是正宗的东坡肉，则去古已远，很难说了。幸而东坡有一篇《猪肉颂》：

净洗铛，少着水，

柴头灶烟焰不起。

待他自熟莫催他，

火候足时他自美。

黄州好猪肉，价钱如泥土。

贵者不肯食，贫者不解煮。

早晨起来打两碗，

饱得自家君莫管。

看他的说法，是晚上煮了第二天早晨吃，无他秘诀，小火慢煨而已。也是循蜡头炖肉的原理，就是坛子肉的别名吧？

一日，唐嗣尧先生招余夫妇饮于其巷口一餐馆，云其佛跳墙值得一尝，乃欣然往。小罐上桌，揭开罐盖热气腾腾，肉香触鼻。是否及得杨三郎先生家的佳制固不敢说，但亦颇使老饕满意。可惜该餐馆不久歇业了。

我不是远庖厨的君子，但是最怕做红烧肉，因为我性急而健忘，十次烧肉九次烧焦，不但糟蹋了肉，而且烧毁了锅，满屋浓烟，邻人以为是失了火。近有所谓电慢锅者，利用微弱电力，可以长时间地煨煮肉类；对于老而且懒又没有记性的人颇为有用，曾试烹近似佛跳墙一类的红烧肉，很成功。

茶余饭饱

肆

台北家居

"长安米贵，居大不易"，原是调侃白居易名字的戏语。台北米不贵，可是居也不易。三十八年前后来台北定居的人，大概都有一个共同的感觉，觉得一生奔走四方，以在台北居住的这一段期间为最长久，而且也最安定。不过台北家居生活，三十多年中，也有不少变化。

我幸运，来到台北三天就借得一栋日式房屋。约有三十多坪，前后都有小小的院子，前院有两窠香蕉，隔着窗子可以窥视累累的香蕉长大，有时还可以静听雨打蕉叶的声音。没有围墙，只有矮矮的栅门，一推就开。室内铺的是榻榻米，其中吸收了水汽不少，微有霉味，寄居的蚂蚁当然密度很高。没有纱窗，蚊蚋出入自由，到了晚间没有客人敢赖在我家久留不去。"衡门之下，可以栖迟。"不久，大家的生活逐渐改良了，铁丝纱、尼龙纱铺上了窗栏，很多人都混上了床，藤椅、藤沙发也广泛地出现，榻榻米店铺被淘汰了。

在未装纱窗之前，大白昼我曾眼看着一个穿长衫的人推我栅门而入，他不敲房门，径自走到窗前伸手拿起窗台上放着的一只闹钟，扬长而去。我追出去的时候，他已经一溜烟地跑了。这不算偷，不算抢，只是不告而取，而且取后未还，好在这种事起初不常有。窃贼不多的原因之一是一般人家里没有多少值得一偷的东西。我有一位朋友一连遭窃数次，都是把他床上铺盖席卷而去，对于一个身无长物的人来说，这也不能不说是损失惨重了。我家后来也蒙梁上君子惠顾过一回，他闯入厨房搬走一只破旧的电锅。我马上买了一只新的，因为要吃饭不可一日无此君。不是我没料到拿去的破锅不足以厌其望，并且会受到师父的辱骂，说不定会再来找补一点什么；而是我大意了，没有把新锅藏起来，果然，第二天夜里，新锅不翼而飞。此后我就坚壁清野，把不愿被人携去的东西妥为收藏。

中等人家不能不雇用人，至少要有人负责炊事。此间乡间少女到城市帮佣，原来很大部分是想借此摄取经验，以为异日主持中馈的准备，所以主客相待以礼，各如其分。这和雇用三河县老妈子就迥异其趣了。可是这种情况急遽变化，工厂多起来了，商店多起来了，到处都需要女工，人孰无自尊，谁也不甘长久地为人"断苏切脯，筑肉曜芋"。于是供求失调，工资暴涨，而且服务的情形也不易得到雇主的满意。好多人家都抱怨，用人出去看电影要为她等门；她要交男友，不胜其扰；她要看电视，非看完一切节目不休；她要休假、返乡、借支；她打破碗盏不作声；她敞开水管洗衣服。在另一方面，她也有她的抱怨：主妇碎嘴唠叨，而且服务项目之多恨不得要向王褒的"僮约"看齐，"不得辰出夜入，交关伴偶"。总之，不久缘尽，不欢而散的居多。此今局面不同了。多数人家不用女工，最多只用半工，或以钟点计工。不少妇女回到厨房自主中馈。懒的时候打开冰箱取出陈年膳菜或是罐头冷冻的东西，不必翻食谱，不必起油锅，拼拼凑凑，即可度命。馋的时候，阖家外出，台北餐馆大大小小一千四百余家，平津、宁浙、淮扬、川、湘、粤，任凭选择，牛肉面、自助餐，也行。妙在所费不太多，孩子们皆大欢喜，主妇怡然自得，主男也无须拉长驴脸站在厨房水槽前面洗盘碗。

台北的日式房屋现已难得一见，能拆的几乎早已拆光。一般的人家居住在四楼的公寓或七楼以上的大厦。这种房子实际上就像是鸽窝蜂房。通常前面有个几尺宽的小阳台，上面排列几盆尘灰渍染的花草，恹恹无生气；楼上浇花，楼下落雨，行人淋头。后面也有个更小的阳台，悬有衣裤招展的万国旗。客人来访，一进门也许抬头看见一个倒挂着的"福"字，低头看到一大堆半新不旧的拖鞋——也许要换鞋，也许不要换，也许主人希望你换而口里说不用换，也许你不想换而问主人要不要换，也许你硬是不换而使主人瞪你一眼。客来献茶，没有那么方便的开水，都是利用热水瓶。盖碗好像早已失传，大部分是使用玻璃杯。其实正常的人家，客已渐渐稀少，谁也没有太多的闲暇串门子闲磕牙，有事需要先期电话要约。杜甫诗"但使残年饱吃饭，只愿无事长相见"，现在不行，无事为什么还要长相见？

　　"千金买房，万金买邻"话是不错，但是谈何容易。谁也料不到，楼上一家偶尔要午夜跳舞，蓬拆之声盈耳；隔壁一家常打麻将，连战通宵；对门一家养哈巴狗，不分晨夕地吠影吠声，一位新来的住户提出抗议，那狗主人愤然作色说：

"你搬来多久？我的狗在此已经吠了两年多。"街坊四邻不断地有人装修房屋，而且要装修得像电视综艺节目的背景，敲敲打打历时经旬不止。最可怕的是楼下开了一家汽车修理厂，日夜服务，不但叮叮当当响起敲打乐，而且漆髹焊接一概俱全，马达声、喇叭声不绝于耳。还有葬车出殡，一路上有音乐伴奏，不时地燃放爆竹，更不幸的是邻近有人办白事，连夜地唪经放焰口，那就更不得安生了。"大隐隐朝市"，我有一位朋友想"小隐隐陵薮"，搬到乡野，一走了之，但是立刻就有好心的人劝阻他说："万万不可，乡下无医院，万一心脏病发，来不及送院急救，怕就要中道崩殂！"我的朋友吓得只好客居在红尘万丈的闹市之中。

家居不可无娱乐。卫生麻将大概是一些太太的天下。说它卫生也不无道理，至少上肢运动频数，近似蛙式游泳。只要时间不太长、输赢不大，十圈八圈的通力合作，总比在外面为非作歹、伤风败俗要好得多。公务人员与知识分子也有乐此不疲者。梁任公先生说过，"只有打麻将能令我忘却读书，只有读书能令我忘却打麻将"。我们觉得饱学如梁先生者，不妨打打麻将。也许电视是如今最受欢迎的家庭娱乐了，只要具有初高中程度，或略识之无，甚至文盲，都可以欣赏。当然，胃口需要相当强健，否则看了一些拎眉皱眼怪模怪样而自以为有趣的面孔，或是奇装异服不男不女蹦蹦跳跳的人妖，岂不要作呕？年轻的一代，自有他们的天地，郊游、露营、电影院、舞厅、咖啡馆，都是赏心悦目的胜地，家庭有娱乐，对他们而言，恐怕是渐渐地认为不大可能了。

五十多年前，丁西林先生对我说，他理想中的家庭具备五个条件：一是糊涂的老爷，二是能干的太太，三是干净的孩子，四是和气的用人，五是二十四小时的热水供应。这是他个人的理想，但也并非是笑话。他所谓糊涂，当然是"小事糊涂，大事不糊涂"；所谓能干是指里里外外上上下下一手承担；所谓干净是说穿戴整洁不淌鼻涕；所谓和气是吃饱喝足之后所自然流露出来的一股温暖；至于热水供应，则是属于现代设备的问题。如果丁先生现住台北，他会修正他的理想。旧时北平中上之家讲究"天棚、鱼缸、石榴树，先生、肥狗、胖丫头"，那理想更简单了。台北家居，无所谓天棚，中上人家都有冷气，热带鱼和金鱼缸各有情趣，石榴树不见得不如兰花，家里请先生则近似恶补，养猫养狗更是稀松平常，病了还有猫狗专科医院可以就诊（在外国见到的猫狗美容院此地尚付阙如），胖丫头则丫头的制度已不存在，遑论胖与不胖？说不定胖了还要设法减肥。

台北家居是相当安全的。舞动长刀扁钻杀人越货的事常有所闻，不过独行盗登门抢劫的事是少有的。像某些国家之动辄抢银行、劫火车，则此地之安谧甚为显然。夜不闭户是办不到的，好多人家窗上装了栅栏甘愿尝受铁窗风味，也无非是戒慎预防之意。至于流氓滋事，无地无之，是非之地少去便是。台北究竟是一个住家的好地方。

雅　舍

　　到四川来，觉得此地人建造房屋最是经济。火烧过的砖，常常用来做柱子，孤零零的砌起四根砖柱，上面盖上一个木头架子，看上去瘦骨嶙峋，单薄得可怜；但是顶上铺了瓦，四面编了竹篾墙，墙上敷了泥灰，远远地看过去，没有人能说不像是座房子。我现在住的"雅舍"正是这样一座典型的房子。不消说，这房子有砖柱，有竹篾墙，一切特点都应有尽有。讲到住房，我的经验不算少，什么"上支下摘"，"前廊后厦"，"一楼一底"，"三上三下"，"亭子间"，"茅草棚"，"琼楼玉宇"和"摩天大厦"各式各样，我都尝试过。我不论住在哪里，只要住得稍久，对那房子便发生感情，非不得已我还舍不得搬。这"雅舍"，我初来时仅求其能蔽风雨，并不敢存奢望，现在住了两个多月，我的好感油然而生。虽然我已渐渐感觉它是并不能蔽风雨，因为有窗而无玻璃，风来则洞若凉亭，有瓦而空隙不少，雨来则渗如滴漏。纵然不能蔽风雨，"雅舍"还是自有它的个性。有个性就可爱。

"雅舍"的位置在半山腰，下距马路约有七八十层的土阶。前面是阡陌螺旋的稻田。再远望过去是几抹葱翠的远山，旁边有高粱地，有竹林，有水池，有粪坑，后面是荒僻的榛莽未除的土山坡。若说地点荒凉，则月明之夕，或风雨之日，亦常有客到，大抵好友不嫌路远，路远乃见情谊。客来则先爬几十级的土阶，进得屋来仍须上坡，因为屋内地板乃依山势而铺，一面高，一面低，坡度甚大，客来无不惊叹，我则久而安之，每日由书房走到饭厅是上坡，饭后鼓腹而出是下坡，亦不觉有大不便处。

"雅舍"共是六间，我居其二。篾墙不固，门窗不严，故我与邻人彼此均可互通声息。邻人轰饮作乐，咿唔诗章，喁喁细语，以及鼾声，喷嚏声，吮汤声，撕纸声，脱皮鞋声，均随时由门窗户壁的隙处荡漾而来，破我岑寂。入夜则鼠子瞰灯，才一合眼，鼠子便自由行动，或搬核桃在地板上顺坡而下，或吸灯油而推翻烛台，或攀缘而上帐顶，或在门框桌脚上磨牙，使得人不得安枕。但是对于鼠子，我很惭愧地承认，我"没有法子"。"没有法子"一语是被外国人常常引用着的，以为这话最足代表中国人的懒惰隐忍的态度。其实我对付鼠子并不懒惰。窗上糊纸，纸一戳就破；门户关紧，而相鼠有牙，一阵咬便是一个洞洞。试问还有什么法子？洋鬼子住到"雅舍"里，不也是"没有法子"？比鼠子更骚扰的是蚊子。"雅舍"的蚊风之盛，是我前所未见的。"聚蚊成雷"真有其事！每当黄昏时候，满屋里磕头碰脑的全是蚊子，又黑又大，骨骼都像是硬的。在别处蚊子早已肃清的时候，在"雅舍"则格外猖獗，来客偶不留心，则两腿伤处累累隆起如玉蜀黍，但是我仍安之。冬天一到，蚊子自然绝迹，明年夏天——谁知道我还是住在"雅舍"！

"雅舍"最宜月夜——地势较高，得月较先。看山头吐月，红盘乍涌，一霎间，清光四射，天空皎洁，四野无声，微闻犬吠，坐客无不悄然！舍前有两株梨树，等到月升中天，清光从树间筛洒而下，地上阴影斑斓，此时尤为幽绝。直到兴阑人散，归房就寝，月光仍然逼进窗来，助我凄凉。细雨蒙蒙之际，"雅舍"亦复有趣。推窗展望，俨然米氏章法，若云若雾，一片弥漫。但若大雨滂沱，我就又惶悚不安了，屋顶湿印到处都有，起初如碗大，俄而扩大如盆，继则滴水乃不绝，终乃屋顶灰泥突然崩裂，如奇葩初绽，砉然一声而泥水下注，此刻满室狼藉，抢救无及。此种经验，已数见不鲜。

"雅舍"之陈设，只当得简朴二字，但洒扫拂拭，不使有纤尘。我非显要，故名公巨卿之照片不得入我室；我非牙医，故无博士文凭张挂壁间；我不业理发，故丝织西湖十景以及电影明星之照片亦均不能张我四壁。我有一几一椅一榻，酣睡写读，均已有着，我亦不复他求。但是陈设虽简，我却喜欢翻新布置。西人常常讥笑妇人喜欢变更桌椅位置，以为这是妇人天性喜变之一证。诬否且不论，我是喜欢改变的。中国旧式家庭，陈设千篇一律，正厅上是一条案，前面一张八仙桌，一旁一把靠椅，两旁是两把靠椅夹一只茶几。我以为陈设宜求疏落参差之致，最忌排偶。"雅舍"所有，毫无新奇，但一物一事之安排布置俱不从俗。人人我室，即知此是我室。笠翁《闲情偶寄》之所论，正合我意。

"雅舍"非我所有，我仅是房客之一。但思"天地者万物之逆旅"，人生本来如寄，我住"雅舍"一日，"雅舍"即一日为我所有。即使此一日亦不能算是我有，至少此一日"雅舍"所能给予之苦辣酸甜我实躬受亲尝。刘克庄词："客里似家家似寄。"我此时此刻卜居"雅舍"，"雅舍"即似我家。其实似家似寄，我亦分辨不清。

长日无俚，写作自遣，随想随写，不拘篇章，冠以"雅舍小品"四字，以示写作所在，且志因缘。

漫谈读书

我们现代人读书真是幸福。古者"著于竹帛谓之书",竹就是竹简,帛就是缣素。书是稀罕而珍贵的东西。一个人若能垂于竹帛,便可以不朽。孔子晚年读《易》,韦编三绝,用韧皮贯联竹简,翻来翻去以至于韧皮都断了,那时候读书多么吃力!后来有了纸,有了毛笔,书的制作比较方便,但在印刷之术未行以前,书的流传完全是靠抄写。我们看看唐人写经,以及许多古书的钞本,可以知道一本书得来非易。自从有了印刷术,刻版、活字、石印、影印,乃至于显微胶片,读书的方便无以复加。

物以稀为贵。但是书究竟不是普通的货物。书是人类智慧的结晶,经验的宝藏,所以尽管如今满坑满谷的都是书,书的价值不是用金钱可以衡量的。价廉未必货色差,畅销未必内容好。书的价值在于其内容的精到。宋太宗每天读《太平御览》等书二卷，漏了一天则以后追补。他说："开卷有益，朕不以为劳也。"这是"开卷有益"一语之由来。《太平御览》采集群书一千六百余种，分为五十五门，历代典籍尽萃于是，宋太宗日理万机之暇日览两卷，当然可以说是"开卷有益"。如今我们的书太多了，纵不说粗制滥造，至少是种类繁多，接触的方面甚广。我们读书要有抉择，否则不但无益而且浪费时间。

那么读什么书呢？这就要看各人的兴趣和需要。在学校里，如果能在教师里遇到一两位有学问的，那是最幸运的事，他能适当地指点我们读书的门径。离开学校就只有靠自己了。读书，永远不恨其晚。晚，比永远不读强。有一个原则也许是值得考虑的：作为一个道地的中国人，有些部书是非读不可的。这与行业无关，理工科的、财经界的、文法门的，都需要读一些蔚成中国文化传统的书。经书当然是其中重要的一部分，史书也一样的重要。盲目的读经不可以提倡，意义模糊的所谓"国学"亦不能餍现代人之望。一系列的古书是我们应该以现代眼光去了解的。

黄山谷说："人不读书，则尘俗生其间，照镜则面目可憎，对人则语言无味。"细味其言，觉得似有道理。事实上，我们所看到的人，确实是面目可憎语言无味的居多。我曾思索，其中因果关系安在？何以不读书便面目可憎语言无味？我想也许是因为读书等于是尚友古人，而且那些古人著书立说必定是一时才俊，与古人游不知不觉受其熏染，终乃收改变气质之功，境界既高，胸襟既广，脸上自然透露出一股清醇爽朗之气，无以名之，名之曰书卷气。同时在谈吐上也自然高远不俗。反过来说，人不读书，则所为何事，大概是陷身于世网尘劳，困厄于名缰利锁，五烧六蔽，苦恼烦心，自然面目可憎，焉能语言有味？

　　当然，改变气质不一定要靠读书。例如，艺术家就另有一种修为。"伯牙学琴于成连先生，三年不成。成连言吾师方子春今在东海中，能移人情。乃与伯牙偕往，到蓬莱山，留伯牙宿，曰：'子居习之，吾将迎师。'刺船而去，旬时不返。伯牙延望无人，但闻海水洞崩坼之声，山林窅冥，群鸟悲号，怆然叹曰：'先生将移我情。'乃援琴而歌，曲成，成连刺船迎之而返。伯牙之琴，遂妙天下。"这一段记载，写音乐家之被自然改变气质，虽然神秘，不是不可理解的。禅宗教外别传，根本不立文字，靠了顿悟即能明心见性。这究竟是生有异禀的人之超绝的成就。以我们一般人而言，最简便的修养方法还是读书。

书，本身就有情趣，可爱，大大小小形形色色的书，立在架上，放在案头，摆在枕边，无往而不宜。好的版本尤其可喜。我对线装书有一分偏爱。吴稚晖先生曾主张把线装书一律丢在茅厕坑里，这偏激之言令人听了不大舒服。如果一定要丢在茅厕坑里，我丢洋装书，舍不得丢线装书。可惜现在线装书很少见了，就像穿长袍的人一样的稀罕。几十年前我搜求杜诗版本，看到古逸丛书影印宋版蔡孟弼《草堂诗笺》，真是爱玩不忍释手，想见原本之版面大，刻字精，其纸张墨色亦均属上选。在校勘上笺注上此书不见得有多少价值，可是这部书本身确是无上的艺术品。

喝 茶

　　我不善品茶，不通茶经，更不懂什么茶道，从无两腋之下习习生风的经验。但是，数十年来，喝过不少茶，北平的双窨、天津的大叶、西湖的龙井、六安的瓜片、四川的沱茶、云南的普洱、洞庭湖的君山茶、武夷山的岩茶，甚至不登大雅之堂的茶叶梗与满天星随壶净的高末儿，都尝试过。茶是我们中国人的饮料，口干解渴，唯茶是尚。茶字，形近于荼，声近于槚，来源甚古，流传海外，凡是有中国人的地方就有茶。人无贵贱，谁都有份，上焉者细啜名种，下焉者牛饮茶汤，甚至路边埂畔还有人奉茶。北人早起，路上相逢，辄问讯："喝茶未？"茶是开门七件事之一，乃人生必需品。

　　孩提时，屋里有一把大茶壶，坐在一个有棉衬垫的藤箱里，相当保温，要喝茶自己斟。我们用的是绿豆碗，这种碗大号的是饭碗，小号的是茶碗，作绿豆色，粗糙耐用，当然和宋瓷不能比，和江西瓷不能比，和洋瓷也不能比，可是有一股朴实厚重的风貌，现在这种碗早已绝迹，我很怀念。这种碗打破了不值几文钱，脑勺子上也不至于挨巴掌。银托白瓷小盖碗是祖父母专用的，我们看着并不羡慕。看那小小的一盏，两口就喝光，泡两三回就得换茶叶，多麻烦。如今盖碗很少见了，除非是到故宫博物院拜会蒋院长，他那大客厅里总是会端出盖碗茶敬客。再不就是在电视剧中也常看见有盖碗茶，可是演员一手执盖一手执碗缩着脖子啜茶那副狼狈相，令人发噱，因为他不知道喝盖碗茶应该是怎样的喝法。他平素自己喝茶大概一直是用玻璃杯、保温杯之类。如今，我们此地见到的盖碗，多半是近年来本地制造的"万寿无疆"的那种样式，瓷厚了一些；日本制的盖碗，样式微有不同，总觉得有些怪怪的。近有人回大陆，顺便探视我的旧居，带来我三十多年前天天使用的一只瓷盖碗，原是十二套，只剩此一套了，碗沿还有一点磕损，睹此旧物，勾起往日的心情，不禁黯然。盖碗究竟是最好的茶具。

茶叶品种繁多，各有擅长。有友来自徽州，同学清华，徽州产茶胜地，但是他看到我用一撮茶叶放在壶里沏茶，表示惊讶，因为他只知道茶叶是烘干打包捆载上船沿江运到沪杭求售，剩下来的茶梗才是家人饮用之物。恰如北人所谓"卖席的睡凉炕"。我平素喝茶，不是香片就是龙井，多次到大栅栏东鸿记或西鸿记去买茶叶，在柜台前面一站，徒弟搬来凳子让座，看伙计称茶叶，分成若干小包，包得见棱见角，那份手艺只有药铺伙计可以媲美。茉莉花窨过的茶叶，临卖的时候再抓一把鲜茉莉花放在表面上，所以叫作双窨。于是茶店里经常是茶香花香，郁郁菲菲。父执有名玉贵者，旗人，精于饮馔，居恒以一半香片龙井混合沏之，有香片之浓馥，兼龙井之苦清。吾家效而行之，无不称善。花以人名，乃径呼此茶为"玉贵"，私家秘传，外人无由得知。

其实，清茶最为风雅。抗战前造访知堂老人于苦茶庵，主客相对总是有清茶一盅，淡淡的、涩涩的、绿绿的。我曾屡侍先君游西子湖，从不忘记品尝当地的龙井，不需要攀登南高峰风篁岭，近处平湖秋月就有上好的龙井茶，开水现冲，风味绝佳。茶后进藕粉一碗，四美具矣。正是"穿牖而来，夏日清风冬日日；卷帘相见，前山明月后山山"（骆成骧联）。

有朋自六安来，贻我瓜片少许，叶大而绿，饮之有荒野的气息扑鼻。其中西瓜茶一种，真有西瓜风味。我曾过洞庭，舟泊岳阳楼下，购得君山茶一盒。沸水沏之，每片茶叶均如针状直立漂浮，良久始舒展下沉，味品清香不俗。

初来台湾，粗茶淡饭，颇想倾阮囊之所有在饮茶一端偶作豪华之享受。一日过某茶店，索上好龙井，店主将我上下打量，取八元一斤之茶叶以应，余示不满，乃更以十二元者奉上，余仍不满，店主勃然色变，厉声曰："买东西，看货色，不能专以价钱定上下。提高价格，自欺欺人耳！先生奈何不察？"我爱其憨直。现在此茶店门庭若市，已成为业中之翘楚。此后我饮茶，但论品位，不问价钱。

茶之以浓酽胜者莫过于工夫茶。《潮嘉风月记》说工夫茶要细炭初沸连壶带碗泼浇，斟而细呷之，气味芳烈，较嚼梅花更为清绝。我没嚼过梅花，不过我旅居青岛时有一位潮州澄海朋友，每次聚饮酩酊，辄相偕走访一潮州帮巨商于其店肆。肆后有密室，烟具、茶具均极考究，小壶小盅有如玩具。更有娈婉卯童伺候煮茶、烧烟，因此经常饱吃工夫茶，诸如铁观音、大红袍，吃了之后还携带几匣回家。不知是否故弄玄虚，谓炉火与茶具相距以七步为度，沸水之温度方合标准。举小盅而饮之，若饮罢径自返盅于盘，则主人不悦，须举盅至鼻头猛嗅两下。这茶最有解酒之功，如嚼橄榄，舌根微涩，数巡之后，好像是越喝越渴，欲罢不能。喝工夫茶，要有工夫，细呷细品，要有设备，要人服侍，如今乱糟糟的社会里谁有那么多的工夫？红泥小火炉哪里去找？伺候茶汤的人更无论矣。普洱茶，漆黑一团，据说也有绿色者，泡烹出来黑不溜秋，粤人喜之。在北平，我只在正阳楼看人吃烤肉，吃得口滑肚子膨亨不得动弹，才高呼堂倌泡普洱茶。四川的沱茶亦不恶，唯一般茶馆应市者非上品。台湾的乌龙，名震中外，大量生产，佳者不易得。处处标榜冻顶，事实上哪里有那么多的冻顶？

喝茶，喝好茶，往事如烟。提起喝茶的艺术，现在好像谈不到了，不提也罢。

下　棋

　　有一种人我最不喜欢和他下棋，那便是太有涵养的人。杀死他一大块，或是抽了他一个车，他神色自若，不动火，不生气，好像是无关痛痒，使得你觉得索然寡味。君子无所争，下棋却是要争的。当你给对方一个严重威胁的时候，对方的头上青筋暴露，黄豆般的汗珠一颗颗地在额上陈列出来，或哭丧着脸作惨笑，或咕嘟着嘴做吃屎状，或抓耳挠腮，或大叫一声，或长吁短叹，或自怨自艾口中念念有词，或一串串的噎嗝打个不休，或红头涨脸如关公，种种现象，不一而足，这时节你"行有余力"便可以点起一支烟，或啜一碗茶，静静地欣赏对方的苦闷的象征。我想猎人困逐一只野兔的时候，其愉快大概略相仿佛。因此我悟出一点道理，和人下棋的时候，如果有机会使对方受窘，当然无所不用其极，如果被对方所窘，便努力做出不介意状，因为既不能积极地给对方以苦痛，只好消极地减少对方的乐趣。

自古博弈并称，全是属于赌的一类，而且只是比"饱食终日无所用心"略胜一筹而已。不过弈虽小术，亦可以观人，相传有慢性人，见对方走当头炮，便左思右想，不知是跳左边的马好，还是跳右边的马好，想了半个钟头而迟迟不决，急得对方拱手认输。是有这样的慢性人，每一着都要考虑，而且是加慢地考虑，我常想这种人如加入龟兔竞赛，也必定可以获胜。也有性急的人，下棋如赛跑，劈劈啪啪，草草了事，这仍是饱食终日无所用心的一贯作风。下棋不能无争，争的范围有大有小，有斤斤计较而因小失大者，有不拘小节而眼观全局者，有短兵相接作生死斗者，有各自为战而旗鼓相当者，有赶尽杀绝一步不让者，有好勇斗狠同归于尽者，有一面下棋一面诮骂者，但最不幸的是争的范围超出了棋盘，而拳足交加。有下象棋者，久而无声响，排闼视之，阒不见人，原来他们是在门后角里扭作一团，一个人骑在另一个人的身上，在他的口里挖车呢。被挖者不敢出声，出声则口张，口张则车被挖回，挖回则必悔棋，悔棋则不得胜，这种认真的态度憨得可爱。我曾见过两人手谈，起先是坐着，神情潇洒，望之如神仙中人，俄而棋势吃紧，两人都站起来了，剑拔弩张，如斗鹌鹑，最后到了生死关头，两个人跳到桌上去了！

笠翁《闲情偶寄》说弈棋不如观棋，因观者无得失心，观棋是有趣的事，如看斗牛、斗鸡、斗蟋蟀一般，但是观棋也有难过处，观棋不语是一种痛苦。喉间硬是痒得出奇，思一吐为快。看见一个人要入陷阱而不作声是几乎不可能的事，如果说得中肯，其中一个人要厌恨你，暗暗地骂一声"多嘴驴"！另一个人也不感激你，心想"难道我还不晓得这样走"！如果说得不中肯，两个人要一齐嗤之以鼻，"无见识奴"！如果根本不说，憋在心里，受病。所以有人于挨了一个耳光之后还抚着热辣辣的嘴巴大呼"要抽车，要抽车！"

下棋只是为了消遣，其所以能使这样多人嗜此不疲者，是因为它颇合于人类好斗的本能，这是一种"斗智不斗力"的游戏。所以瓜棚豆架之下，与世无争的村夫野老不免一枰相对，消此永昼；闹市茶寮之中，常有有闲阶级的人士下棋消遣，"不为无益之事，何以遣此有涯之生"？宦海里翻过身最后退隐东山的大人先生们，髀肉复生，而英雄无用武之地，也只好闲来对弈，了此残生，下棋全是"剩余精力"的发泄。人总是要斗的，总是要钩心斗角地和人争逐的。与其和人争权夺利，还不如在棋盘上多占几个官，与其招摇撞骗，还不如在棋盘上抽上一车。宋人笔记曾载有一段故事："李讷仆射，性卞急，酷好弈棋，每下子安详，极于宽缓，往往躁怒作，家人辈则密以弈具陈于前，讷睹，便忻然改容，以取其子布弄，都忘其恚矣。"（《南部新书》）下棋，有没有这样陶冶性情之功，我不敢说，不过有人下起棋来确实是把性命都可置之度外。我有两个朋友下棋，警报作，不动声色，俄而弹落，棋子被震得在盘上跳荡，屋瓦乱飞，其中一位棋瘾较小者变色而起，被对方一把拉住，"你走！那就算是你输了"。此公深得棋中之趣。

画　展

　　我参观画展，常常感觉悲哀。大抵一个人不到山穷水尽的时候，不肯把他所能得到的友谊一下子透支净尽，所以也就不会轻易开画展。门口横挂着一条白布，如果把上面的"画展"二字掩住，任何人都会疑心是追悼会。进得门去"一片缟素"，仔细一看，是一幅幅的画，三三两两的来宾在那里指指点点，叽叽喳喳，有的苦笑，有的撇嘴，有的愁眉苦脸，有的挤眉弄眼，大概总是面带戚容者居多。屋角里坐着一个蓬首垢面的人，手心上直冒冷汗，这一位大概就是精通六法的画家。好像这不是欣赏艺术的地方，而是仁人君子解囊救命的地方。这一幅像八大，那一幅像石涛，幅幅后面都隐现着一个面黄肌瘦嗷嗷待哺的人影，我觉得惨。

　　任凭你参观的时候是多么早，总有几十幅已经标上了红签，表示已被人赏鉴而订购了。可能是真的。因为现在世界上是有一种人，他有力量造起亭台楼阁，有力量设备天棚鱼缸石榴树肥狗胖丫头，偏偏白汪汪的墙上缺少几幅画。这种人很聪明，他的品位是相当高的，他不肯在大厅上挂起福禄寿三星，也不肯挂刘海戏金蟾，因为这是他心里早已有的，一闭眼就看得清清楚楚用不着再挂在面前，他要的是近似四王吴恽甚至元四大家之类的货色。这一类货色是任何画展里都不缺乏的，所以我说那些红签可能是真的，虽然是在开幕以前即已成交。不过也不一定全是真的，第一天三十个红签，如果生意兴隆，有些红签是要赶快取下的，免得耽误了真的顾主，所以第二天就许只剩二十个红签，千万不要以为有十个悬崖勒马的人又退了货。

　　一幅画如何标价，这虽不见于六法，确是一种艺术。估价要根据成本，此乃不易之论。纸张的质料与尺寸，一也；颜料的种类与分量，二也；裱褙的款式与工料，三也；绘制所用之时间与工力，四也；题识者之身份与官阶，五也——这是全要顾虑到的，至于画的本身之优劣，可不具论。于成本之外应再加多少赢利，这便要看各人心地之薄与脸皮之厚到如何程度了。但亦有两个学说：一个是高抬物价，一幅枯树牛山，硬标上惊人的高价，观者也许咋舌，但是谁也不愿对于风雅显的外行，他至少也要赞叹两声，认为是神来之笔，如果一时糊涂就许订购而去；一个是廉价多卖，在求人订购的时候比较的易于启齿而不太伤感情。

画展闭幕之后，画家的苦难并未终止。他把画一轴轴地毕恭毕敬地送到顾主府上，而货价的交割是遥遥无期的。他需要踵门乞讨。如果遇到"内有恶犬"的人家，逡巡不敢入，勉强叩门而入，门房的颜色更可怕，先要受盘查，通报之后主人也许正在午睡或是有事不能延见，或是推托改日再来，这时节他不能忘，他要隐忍，要有艺术家的修养。几曾看见过油盐店的伙计讨账敢于发急？

画展结束之后，检视行箧，卖出去的是哪些，剩下的是哪些，大概可得如下之结论：着色者易卖，山水中有人物者易卖，花卉中有翎毛者易卖，工细而繁复者易卖，霸悍粗犷吓人惊俗者易卖，章法奇特而狂态可掬者易卖，有大人先生品题者易卖。总而言之，有卖相者易于脱手，无卖相者便"只供自怡悦"了。绘画艺术的水准就在这买卖之间无形中被规定了。下次开画展的时候，多点石绿，多泼胭脂，山水里不要忘了画小人儿，"空亭不见人"是不行的，花卉里别忘了画只鸟儿，至少也要是一只螳螂即了，要细皴细点，要回环曲折，要有层峦叠嶂，要有亭台楼阁，用大笔，用枯墨，一幅山水可以画得天地头不留余地，五尺捶宣也可以描上三朵梅花而尽是空白。在画法上是之谓画蠹，在画展里是之谓成功。

有人以为画展之事是附庸风雅，无补时艰。我倒不这样想。写字、刻印，以及词章考证，哪一样又有补时艰？画展只是一种市场，有无相易，买卖自由，不愧于心，无伤大雅。我怕的是，"蜀山图"里画上一辆卡车，"寒林图"里画上一架飞机。

读 画

《随园诗话》:"画家有读画之说,余谓画无可读者,读其诗也。"随园老人这句话是有见地的。读是读诵之意,必有文章词句然后方可读诵,画如何可读?所以读画云者,应该是读诵画中之诗。

诗与画是两个类型,在对象、工具、手法各方面均不相同。但是类型的混淆,古已有之。在西洋,所谓 Ut pictura poesis,"诗既如此,画亦同然",早已成为艺术批评上的一句名言。我们中国也特别称道王摩诘的"画中有诗,诗中有画"。究竟诗与画是各有领域的。我们读一首诗,可以欣赏其中景物的描写,所谓"历历如绘"。但诗之极致究竟别有所在,其着重点在于人的概念与情感。所谓诗意、诗趣、诗境,虽然多少有些抽象,究竟是以语言文字来表达最为适宜。我们看一幅画，可以欣赏其中所蕴藏的诗的情趣，但是并非所有的画都有诗的情趣，而且画的主要的功用是在描绘一个意象。我们说读画，实在是在画里寻诗。

"蒙娜丽莎"的微笑，即是微笑，笑得美，笑得甜，笑得有味道，但是我们无法追问她为什么笑，她笑的是什么。尽管有许多人在猜这个微笑的谜，其实都是多此一举。有人以为她是因为发现自己怀孕了而微笑，那微笑代表女性的骄傲与满足。有人说："怎见得她是因为发觉怀孕而微笑呢？也许她是因为发觉并未怀孕而微笑呢？"这样地读下去，是读不出所以然来的。会心的微笑，只能心领神会，非文章词句所能表达。像"蒙娜丽莎"这样的画，还有一些奥秘的意味可供揣测，此外像 Watts 的《希望》，画的是一个女人跨在地球上弹着一只断了弦的琴，也还有一点象征的意思可资领会，但是 Sorolla 的《二姊妹》，除了耀眼的阳光之外还有什么诗可读？再如 Sully 的《戴破帽子的孩子》，画的是一个孩子头上顶着一个破帽子，除了那天真无邪的脸上的光线掩映之外还有什么诗可读？至于 Chase 的一幅《静物》，可能只是两条死鱼翻着白肚子躺在盘上，更没有什么可说的了。

也许中国画里的诗意较多一点。画山水不是"春山烟雨"，就是"江皋烟树"，不是"云林行旅"，就是"春浦帆归"，只看画题，就会觉得诗意盎然。尤其是文人画家，一肚皮不合时宜，在山水画中寄托了隐逸超俗的思想，所以山水画的境界成了中国画家人格之最完美的反映。即使是小幅的花卉，像李复堂、徐青藤的作品，也有一股豪迈潇洒之气跃然纸上。

画中已经有诗，有些画家还怕诗意不够明显，在画面上更题上或多或少的诗词字句。自宋以后，这已成了大家所习惯接受的形式，有时候画上无字反倒觉得缺点什么。中国字本身有其艺术价值，若是题写得当，也不难看。西洋画无此便利，"拾穗人"上面若是用鹅翎管写上一首诗，那就不堪设想。在画上题诗，至少说明了一点，画里面的诗意有用文字表达的必要。一幅酣畅的泼墨画，画着两棵大白菜，墨色浓淡之间充分表示了画家笔下控制水墨的技巧，但是画面的一角题了一行大字："不可无此味，不可有此色。"这张画的意味不同了，由纯粹的画变成了一幅具有道德价值的概念的插图。金冬心的一幅墨梅，篆籀纵横，密圈铁线，清癯高傲之气扑入眉宇，但是半幅之地题了这样的词句："晴窗呵冻，写寒梅数枝，胜似与猫儿狗儿盘桓也……"顿使我们的注意力由斜枝细蕊转移到那个清高的画士。画的本身应该能够表现画家所要表现的东西，不需另假文字为之说明，题画的办法有时使画不复成为纯粹的画。

　　我想画的最高境界不是可以读得懂的，一说到读便牵涉到文章词句，便要透过思想的程序，而画的美妙处在于透过视觉而直诉诸人的心灵，画给人的一种心灵上的享受，不可言说，说便不着。

音　乐

　　一个朋友来信说："……我从来没有像现在这样烦恼过。住在我的隔壁的是一群在×××服务的女孩子，一回到家便大声歌唱，所唱的无非是些××歌曲，但是她们唱的腔调证明她们从来没有考虑过原制曲者所要产生的效果。我不能请她们闭嘴，也不能喊'通'！只得像在理发馆洗头时无可奈何地用棉花塞起耳朵来……"

　　我同情这位朋友，但是他的烦恼不是他一个人有的。我常想，音乐这样东西，在所有的艺术里，是最富于侵略性的。别种艺术，如图画雕刻，都是固定的，你不高兴欣赏便可以不必寓目，各不相扰；唯独音乐，声音一响，随着空气波荡而来，照直侵入你的耳朵，而耳朵平常都是不设防的，只得毫无抵御地任它震荡刺激。自以为能书善画的人，诚然也有令人不舒服的时候；据说有人拿着素扇跪在一位书画家面前，并非敬求墨宝，而是求他高抬贵手，别糟蹋他的扇子。这究竟是例外情形。书画家并不强迫人家瞻仰他的作品，而所谓音乐也者，则对于凡是在音波所及的范围以内的人，一律强迫接受，也不管其效果是沁人肺腑，抑或是令人作呕。

我的朋友对隔壁音乐表示不满，那情形还不算严重。我曾经领略过一次四人合唱，使我以后对于音乐会一类的集会轻易不敢问津。一阵彩声把四位歌者送上演台，钢琴声响动，四位歌者同时张口，我登时感觉有五种高低疾徐全然不同的调子乱擂我的耳鼓，四位歌者唱出四个调子，第五个声音是从钢琴里发出来的！五缕声音搅作一团，全不和谐。当时我就觉得心旌颤动，飘飘然如失却重心，又觉得身临歧路，彷徨无主的样子。我回顾四座，大家都面面相觑，好像都各自准备逃生，一种分崩离析的空气弥漫于全室。像这样的音乐是极伤人的。

"音乐的耳朵"不是人人有的，这一点我承认，也许我就是缺乏这种耳朵。也许是我的环境不好，使我的这种耳朵，没有适当的发育。我记得在学校宿舍里住的时候，对面楼上住着一位音乐家，还是"国乐"，每当夕阳下山，他就临窗献技，引吭高歌，配着胡琴他唱"我好比……"，在这时节我便按捺不住，颇想走到窗前去大声地告诉他，他好比是什么。我顶怕听胡琴，北平最好的名手××我也听过多少次，无论他技巧怎样纯熟，总觉得唧唧的声音像是指甲在玻璃上抓。别种乐器，我都不讨厌，曾听古琴弹奏一段《梧桐雨》，琵琶乱弹一段《十面埋伏》，都觉得那确是音乐，唯独胡琴与我无缘。莎士比亚的《威尼斯商人》里曾说起有人一听见苏格兰人的风笛便要小便，那只是个人的怪癖。我对胡琴的反感亦只是一种怪癖罢？皮黄戏里的青衣花旦之类，在戏院广场里令人毛发倒竖，若是清唱则尤不可当，嘤然一叫，我本能地要抬起我的脚来，生怕是脚底下踩了谁的脖子！近听汉戏，黑头花脸亦唧唧锐叫，令人坐立不安；秦腔尤为激昂，常令听者随之手忙脚乱，不能自已。我可以听音乐，但若声音发自人类的喉咙，我便看不得粗了脖子红了脸的样子。我看着危险！我着急。

真正听京戏的内行人怀里揣着两包茶叶，蹲到边厢一坐，听到妙处，摇头摆尾，随声击节，闭着眼睛体味声调的妙处，这心情我能了解，但是他付了多大的代价！他听了多少不愿听的声音才能换取这一点音乐的陶醉！到如今，听戏的少，看戏的多。唱戏的亦竟以肺壮气长取胜，而不复重韵味，唯简单节奏尚是多数人所能体会，铿锵的锣鼓，油滑的管弦，都是最简单不过的，所以缺乏艺术教养的人，如一般大腹贾、大人先生、大学教授、大家闺秀、大名士、大豪绅，都趋之若鹜，自以为是在欣赏音乐！

在中西文化的交流中，我们的音乐（戏剧除外）也在蜕变，从"毛毛雨"起以至于现在流行×××之类，都是中国小调与西洋某一级音乐的混合，时而中菜西吃，时而西菜中吃，将来成为怎样的定型，我不知道。我对音乐既不能做丝毫贡献，所以也很坦然地甘心放弃欣赏音乐的权利，除非为了某种机缘必须"共襄盛举"不得不到场备员。至于像我的朋友所抱怨的那种隔壁歌声，在我则认为是一种不可避免的自然现象，恰如我们住在屠宰场的附近便不能不听见猪叫一样，初听非常凄绝，久后亦就安之。夜深人静，荒凉的路上往往有人高唱"一马离了西凉界……"我原谅他，他怕鬼，用歌声来壮胆，其行可恶，其情可悯。但是在天微明时练习吹喇叭，则是我所不解。"打——搭——大——滴——"一声比一声高，高到声嘶力竭，吹喇叭的人显然是很吃苦，可是把多少人的睡眠给毁了，为什么不在另一个时候练习呢？

在原则上，凡是人为的音乐，都应该宁缺毋滥。因为没有人为的音乐，顶多是落个寂寞。而按其实，人是不会寂寞的。小孩的哭声、笑声，小贩的吆喝声，邻人的打架声，市里的喧阗声，到处"吃饭了吗？""吃饭了吗？"的原是应酬而现在变成性命交关的回答声——实在寂寞极了，还有村里的鸡犬声！最令人难忘的还有所谓天籁。秋风起时，树叶飒飒的声音，一阵阵袭来，如潮涌，如急雨，如万马奔腾，如衔枚疾走；风定之后，细听还有枯干的树叶一声声地打在阶上。秋雨落时，初起如蚕食桑叶，窸窸窣窣，继而淅淅沥沥，打在蕉叶上清脆可听。风声雨声，再加上虫声鸟声，都是自然的音乐，都能使我发生好感，都能驱除我的寂寞，何贵乎听那"我好比……我好比……"之类的歌声？然而此中情趣，不足为外人道也。

听戏、看戏、读戏

　　我小时候喜欢听戏，在北平都说听戏，不说看戏。真正内行的听众，他不挑拣座位，在池子里能有个地方就行，"吃柱子"也无所谓，在边厢暗处找个座位就可以，沏一壶茶，眯着眼，歪歪斜斜地缩在那里，——听戏。实际上他听的不是戏，是某一个演员的唱。戏的主要部分是歌唱。听到一句回肠荡气的唱腔，如同搔着痒处一般，他会猛不丁的带头喊一声："好！"若是听到不合规矩荒腔走板的调子，他也会毫不留情的送上一个倒彩。真是曲有误，周郎顾。

　　我没有那份素养，当然不足以语此，但是我在听戏之中却是得到了一种精神上的满足。我自己虽不会唱，顶多是哼两声，但是却常被那节奏与韵味所陶醉。凡是爱听戏的人都有此经验。戏剧之所以能掌握住大众的兴趣，即以此故，戏的情节没有太大的关系，纵然有迷信的成分或是不大近情近理，都没有关系，反正是那百十来出的戏，听也听熟了，要注意的是演员之各有千秋的唱功。甚至演员的扮相也不重要，例如德珺如的小生，那张驴脸实在令人不敢承教，但是他唱起来硬是清脆可听。至于演员的身段、化妆、行头，以及台上的切末道具，更是次焉者也。

因为戏的重点在唱，而唱功优秀的演员不易得，且其唱功一旦登峰造极，厥后在剧界即有难以为继之叹，一切艺术皆是如此。自民初以后，戏剧一直在走下坡。其式微之另一个原因是观众的素质与品味变了。戏剧的盛衰，很大部分取决于观众，此乃供求之关系，势所必至。而观众受社会环境变迁之影响，其素质与品味又不得不变。新文化运动以来，论者对于戏剧常有微词，或指脸谱为野蛮的遗留，或谓剧情不外奖善惩恶之滥调，或目男扮女角为不自然，或诋剧词之常有鄙陋不通之处……诸如此类，皆不无见地，然实未搔着痒处。也有人倡为改良之议，诸如修改剧本，润色戏词，改善背景，增加幔幕，遮隔文武场面等等，均属可行，然亦未触及基本问题之所在。我们的戏属于歌剧类型，其灵魂在唱歌。这样的戏被这样的观众所长期的欣赏，已成为我们的传统文化的一个项目。是传统，即不可轻言更张。振衰起敝之道在于有效地培养演员，旧的科班制度虽非尽善，有许多地方值得保存。俗语说："三年出一个状元，三十年不见得能出一个好演员。"人才难得，半由天赋，半由苦功。培养演员，固然不易，培养观众其事尤难，观众的品位受多方的影响，控制甚难。大势所趋，歌剧的前途未可乐观。

戏还是要看的，不一定都要闭着眼睛听。不过我们的戏剧的特点之一是所有动作多以象征为原则，不走写实的路子。因为戏剧受舞台构造的限制，三面都是观众，无幕无景，地点可以随时变，所以不便写实。说它是原始趣味也可，说它具有象征艺术的趣味亦可。这种作风怕是要保留下去的。记得尚小云有一回演《天河配》，在"出浴"一场中，这位高头大马的演员穿着紧身的粉红色卫生衣裤真个的挥动纱带做出水芙蓉状！有人为之骇然，也有人为之鼓掌叫绝。我觉得这是旧剧的堕落。

话剧是由外国引进来的东西。旧剧即使不堕落，话剧的兴起，其势也是不可遏的。话剧的组成要件是动作与对白，和歌剧大异其趣。从文明新戏起到晚近的话剧运动，好像尚未达到成熟的阶段。其间有很长一段是模仿外国作品，也模仿易卜生，也模仿奥尼尔，似是无可讳言。话剧虽然不唱，演员的对白却不是简单事，如何咬字吐音，使字字句句送到全场观众的耳边，需要研究苦练，同时也需要天赋。话剧常常是由学校领头演出，中外皆然，当然学校戏剧也常有非常出色的成绩，不过戏剧演出必须职业化，然后才能期望有较高的艺术水准。

话剧的主流是写实的，可以说是真正的"人生的模拟"。故导演的手法、背景的安排、灯光的变化、服装的设计，无一不重要，所以制造戏剧的效果，使观众从舞台上的表演中体会出一段有意义的人生。戏剧不可过分迎合观众趣味，否则其娱乐性可能过分增高，而其艺术的严重性相当的减少。

在现代商业化的社会里，话剧的发展是艰苦的。且以英国著名演员劳伦斯·奥利维尔爵士为例，他的表演艺术在如今是登峰造极的一个，他说："我现在拍电影，人们总是在报上批评我。'为什么拍这些垃圾？'我告诉你什么原因：找钱送三个孩子上学，养家，为他们将来有好日子……"奥利维尔如此，其他演员无论矣。我们此时此地倡导话剧，首要之因是由政府建立现代化的剧院，不妨是小剧院，免费供应演出场地，或酌量少收费用，同时鼓励成立"定期换演剧目的剧团"，使演剧成为职业化，对于演员则大幅提高其报酬，使不至于旁骛。

戏本是为演的，不是为看的。所以剧本一向是剧团的财产之一部，并不要发表出来以供众览。科班里教戏是靠口授，而且是授以"单词"，不肯整出的传授，所拥有的全剧钞本什袭珍藏唯恐走漏。从前外国的剧团也是一样，并不把剧本当作文学作品看待。把戏剧作品当作文学的一部门，是比较晚近的事。

读剧本，与看舞台上演，其感受大不相同。舞台上演，不过是两三小时的工夫，其间动作语言曾不少停，观众直接立即获得印象。有许多问题来不及思考，有许多词句来不及品赏。读剧本则可从容玩味，发现许多问题与意义。看好的剧本在舞台上做有效的表演，那才是最理想的事。戏剧本来是以演员为主要支柱，但是没有好的剧本则表演亦无所附丽。剧本的写作是创造，演员的艺术是再创造。

戏剧被利用为宣传工具，自古已然。可以宣传宗教意识，可以宣传道德信条，驯至晚近可以宣传种种的政治与社会思想。不过戏剧自戏剧，自有其本身的文艺的价值。易卜生写《傀儡家庭》，妇女运动家视为最有力的一个宣传，但是据易卜生自己说，他根本没有想到过妇女运动。戏剧作家，和其他作家一样，需要自由创作的环境。戏剧的演出，像其他艺术活动一样，我们也应该给予最大的宽容。

散　步

　　《琅嬛记》云："古之老人，饭后必散步。"好像是散步限于饭后，仅是老人行之，而且盛于古时。现代的我，年纪不大，清晨起来盥洗完毕便提起手杖出门去散步。这好像是不合古法，但我已行之有年，而且同好甚多，不只我一人。

　　清晨走到空旷处，看东方既白，远山如黛，空气里没有太多的尘埃炊烟混杂在内，可以放心地尽量地深呼吸，这便是一天中难得的享受。据估计，"目前一般都市的空气中，灰尘和烟煤的每周降量，平均每平方公里约为五吨，在人烟稠密或工厂林立的地区，有的竟达二十吨之多"。养鱼的都知道要经常为鱼换水，关在城市里的人真是如在火宅，难道还不在每天清早从软暖习气中挣脱出来，服几口"清凉散"？

　　散步的去处不一定要是山明水秀之区，如果风景宜人，固然觉得心旷神怡，就是荒村陋巷，也自有它的情趣。一切只要随缘。我从前沿着淡水河边，走到萤桥，现在顺着一条马路，走到土桥，天天如是，仍然觉得目不暇给。朝露未干时，有蚯蚓、大蜗牛在路边蠕动，没有人伤害它们，在这时候这些小小的生物可以和我们和平共处。也常见有被辗毙的田鸡、野鼠横尸路上，令人怵目惊心，想到生死无常。河边蹲踞着三三两两浣衣女，态度并不轻闲，她们的背上兜着垂头瞌睡的小孩子。田畦间伫立着几个庄稼汉，大概是刚拔完萝卜摘过菜。是农家苦还是农家乐，不大好说。就是从巷弄里面穿行，无意中听到人家里的喁喁絮语，有时也能令人忍俊不住。

六朝人喜欢服五石散，服下去之后五内如焚，浑身发热，必须散步以资宣泄。到唐朝时犹有这种风气。元稹诗"行药步墙阴"，陆龟蒙诗"更拟结茅临水次，偶因行药到村前"，所谓"行药"，就是服药后的散步。这种散步，我想是不舒服的。肚里面有丹砂、雄黄、白矾之类的东西作怪，必须脚步加快，步出一身大汗，方得畅快。我所谓的散步不这样的紧张，遇到天寒风大，可以缩颈急行，否则亦不妨迈方步，缓缓前行。培根有言："散步利胃。"我的胃口已经太好，不可再利，所以我从不跄跄地趱路。六朝人所谓"风神萧散，望之如神仙中人"，一定不是在行药时的写照。

散步时总得携带一根手杖，手里才觉得不闲得慌。山水画里的人物，凡是跋山涉水的总免不了要有一根邛杖，否则好像是摆不稳当似的。王维诗"策杖村日斜"，村东日出时也是一样的需要策杖。一杖在手，无须舞动，拖曳就可以了。我的一根手杖，因为在地面摩擦的关系，已较当初短了寸余。有杖有时亦可作为武器，聊备不时之需，因为在街上散步者不仅是人，还有狗。不是夹着尾巴的丧家之狗，也不是循循然汪汪叫的土生土长的狗，而是那种雄赳赳的横眉竖眼张口伸舌的巨獒，气咻咻的迎面而来，后面还跟着骑脚踏车的扈从。这时节我只得一面退避三舍，一面加力握紧我手里的竹杖。那狗脖子上挂着牌子，当然是纳过税的，还可能是系出名门，自然也有权利出来散步。还好，此外尚未遇见过别的什么猛兽。唐慈藏大师"独静行禅，不避虎兕"，我只有自惭定力不够。

散步不需要伴侣，东望西望没人管，快步慢步由你说，这不但是自由，而且只有在这种时候才特别容易领略到阒"前不见古人，后不见来者"那种"分段苦"的味道。天覆地载，孑然一身。事实上，街道上不是绝对的阒无一人，策杖而行的不只我一个，而且经常有很熟的面孔准时准地地出现，还有三五成群的小姑娘，老远地就送来木屐声。天长地久，面孔都熟广，但是谁也不理谁。在外国的小都市，你清早出门，一路上打扫台阶的老太婆总要对你搭讪一两句话，要是在郊外山上，任何人都要彼此脱帽招呼，他们不嫌多事。我有时候发现，一个形容枯槁的老者忽然不见他在街道散步了，第二天也不见，第三天也不见，我真不敢猜想他是到哪里去了。

太阳一出山，把人影照得好长，这时候就该往回走。再晚一点，便要看到穿蓝条睡衣睡裤的女人们在街上或是河沟里倒垃圾，或者是捧出红泥小火炉路边呼呼的扇起来，弄得烟气腾腾。尤其是，风驰电掣的现代交通工具也要像是猛虎出柙一般的露面了，行人总以回避为宜。所以，散步一定要在清晨，白居易诗："晚来天气好，散步中门前。"要知道白居易住的地方是伊阙，是香山，和我们住的地方不一样。

旅　行

　　我们中国人是最怕旅行的一个民族。闹饥荒的时候都不肯轻易逃荒，宁愿在家乡吃青草啃树皮吞观音土，生怕离乡背井之后，在旅行中流为饿殍，失掉最后的权益——寿终正寝。至于席丰履厚的人更不愿轻举妄动，墙上挂一张图画，看看就可以当"卧游"，所谓"一动不如一静"。说穿了"太阳下没有新鲜事物"。号称山川形胜，还不是几堆石头一汪子水？我记得做小学生的时候，郊外踏青，是一桩心跳的事，多早就筹备，起个大早，排成队伍，擎着校旗，鼓乐前导，事后下星期还得作一篇《远足记》，才算功德圆满。旅行一次是如此的庄严！我的外祖母，一生住在杭州城内，八十多岁，没有逛过一次西湖，最后总算去了一次，但是自己不能行走，抬到了西湖，就没有再回来——葬在湖边山上。

古人云："一生能着几两屐？"这是劝人及时行乐，莫怕多费几双鞋。但是旅行果然是一桩乐事吗？其中是否含着多少苦恼的成分呢？

出门要带行李，那一个几十斤重的五花大绑的铺盖卷儿便是旅行者的第一道难关。要捆得紧，要捆得俏，要四四方方，要见棱见角，与稀松露馅的大包袱要迥异其趣，这已经就不是一个手无缚鸡之力的人所能胜任的了。关卡上偏有好奇人要打开看看，看完之后便很难得再复原。"乘兴而来，兴尽而返。"很多人在打完铺盖卷儿之后就觉得游兴已尽了。在某些国度里，旅行是不需要携带铺盖的，好像凡是有床的地方就有被褥，有被褥的地方就有随时洗换的被单，——旅客可以无牵无挂，不必像蜗牛似的顶着安身的家伙走路。携带铺盖究竟还容易办得到，但是没听说过带着床旅行的，天下的床很少没有臭虫设备的。我很怀疑一个人于整夜输血之后，第二天还有多少精神游山逛水。我有一个朋友发明了一种服装，按着他的头躯四肢的尺寸做了一件天衣无缝的睡衣，人钻在睡衣里面，只留眼前两个窟窿，和外界完全隔绝，——只是那样子有些像是KKK，夜晚出来曾经几乎吓死一个人！

原始的交通工具，并不足为旅客之苦。我觉得"滑竿"（"架子车"都比飞机有趣。）"御风而行，冷然善也"，那是神仙生涯。在尘世旅行，还是以脚能着地为原则。我们要看朵朵的白云，但并不想在云隙里钻出钻进；我们要"横看成岭侧成峰，远近高低各不同"，但并不想把世界缩小成假山石一般玩物似的来欣赏。我惋惜米尔顿所称述的中土有"挂帆之车"尚不曾坐过。交通工具之原始不是病，病在于舟车之不易得，车夫舟子之不易缠，"衣帽自看"固不待言，还要提防青纱帐起。刘伶"死便埋我"，也不是准备横死。

　　旅行虽然夹杂着苦恼，究竟有很大的乐趣在。旅行是一种逃避，——逃避人间的丑恶。"大隐藏人海"，我们不是大隐，在人海里藏不住。岂但人海里安不得身？在家园也不容易遁迹。成年地圈在四合房里，不必仰屋就要兴叹；成年地看着家里的那一张脸，不必牛衣也要对泣。家里面所能看见的那一块青天，只有那么一大块。取之不尽用之不竭的清风明月，在家里都不能充分享受，要放风筝需要举着竹竿爬上房脊，要看日升月落需要左右邻居没有遮拦。走在街上，熙熙攘攘，磕头碰脑的不是人面兽，就是可怜虫。在这种情形之下，我们虽无勇气披发入山，至少为什么不带着一把牙刷捆起铺盖出去旅行几天呢？在旅行中，少不了风吹雨打，然后倦飞知还，觉得"在家千日好，出门一时难"，这样便可以把那不可容忍的家变成为暂时可以容忍的了。下次忍耐不住的时候，再出去旅行一次。如此地折腾几回，这一生也就差不多了。

旅行中没有不感觉枯寂的，枯寂也是一种趣味。哈兹利特（Hazlitt）主张在旅行时不要伴侣，因为："如果你说路那边的一片豆田有股香味，你的伴侣也许闻不见。如果你指着远处的一件东西，你的伴侣也许是近视的，还得戴上眼镜看。"一个不合意的伴侣，当然是累赘。但是人是个奇怪的动物，人太多了嫌闹，没人陪着嫌闷。耳边嘈杂怕吵，整天咕嘟着嘴又怕口臭。旅行是享受清福的时候，但是也还想拉上个伴。只有神仙和野兽才受得住孤独。在社会里我们觉得面目可憎语言无味的人居多，避之唯恐或晚，在大自然里又觉得人与人之间是亲切的。到美国落基山上旅行过的人告诉我，在山上若是遇见另一个旅客，不分男女老幼，一律脱帽招呼，寒暄一两句。这是很有意味的一个习惯。大概只有在旷野里我们才容易感觉到人与人是属于一门一类的动物，平常我们太注意人与人的差别了。

　　真正理想的伴侣是不易得的，客厅里的好朋友不见得即是旅行的好伴侣，理想的伴侣须具备许多条件，不能太脏，如嵇叔夜"头面常一月十五日不洗，不太闷痒不能沐"，也不能有洁癖，什么东西都要用火酒揩，不能如泥塑木雕，如死鱼之不张嘴，也不能终日喋喋不休，整夜鼾声不已，不能油头滑脑，也不能蠢头呆脑，要有说有笑，有动有静，静时能一声不响地陪着你看行云，听夜雨，动时能在草地上打滚像一条活鱼！这样的伴侣哪里去找？

南游杂感

（一）

我由北京动身的那天正是清明节，天并没有落雨，只是阴云密布，呈出一种黯淡的神情，然而行人已经觉得欲断魂了。我在未走之先，恨不得插翅南翔，到江南调换调换空气；但是在火车蠕动的时候，我心里又忽自嗫嚅不安起来，觉得那座辉煌庞大的前门城楼似乎很令人惜别的样子。不知有多少人诅咒过北京城了，嫌它灰尘大。在灰尘中生活了二十几年的我，却在暂离北京的时候感到恋恋不舍的情意！我想跳下车来，还是吃一个期的灰尘罢，还是和同在灰尘中过活的伴侣们优游罢……但是火车风驰电掣地去了。这一来不大打紧，路上可真断魂了。

断了一次魂以后，我向窗外一望，尽是些垒垒的土馒头似的荒冢；当然，我们这些条活尸，早晚也是馒头馅！我想我们将来每人头上顶着一个土馒头，天长日久，中国的土地怕要完全是一堆一堆的只许长草不许种粮的坟头了。经济问题倒还在其次，太不美观实在是令人看了难受。我们应该以后宣传，大家"曲辫子"以后不要在田地里筑起土馒头。

和我同一间车房的四位旅客，个性都很发达。A 是一个小官僚，上了车就买了一份老《申报》和一份《顺天时报》。B、C、D，三位似乎都是一间门面的杂货店的伙计。B 大概有柜台先生的资格，因为车开以后他从一个手巾包里抽出一本《小仓山房尺牍》来看。C 有一种不大好的态度，他喜欢脱了鞋抱膝而坐。D 是宰予之流，车开不久他就张着嘴睡着了；睡醒以后，从裤带上摘下一个琵琶形的烟口袋，一根尺余长的旱烟杆。这三位都不知道地板上是不该吐痰的，同时又不"强不知以为知"的，于是开始大吐其痰。我从他们的吐痰，发现了一个中国人特备的国粹，"调和性"。一旦痰公然落到地板上以后，痰的主人似乎直觉地感到一些不得劲儿，于是把鞋底子放在痰上擦了几下。鞋底擦痰的结果，便是地板上发现一块平匀的湿痕。（痰是看不见了，反对地板上吐痰的人也无话可说了，此之谓调和。）

从北京到济南，我就在这样的环境里生活着，我并没有什么不满，因为我知道这叫作"民众化"！

（二）

车过了济南，酣睡了一夜。火车的单调的声音，使人不能不睡。我想诗的音节的功效也是一样的，例如 Speuseian stanza，前八节是一样的长短节奏，足以使人入神，若再这样单调下去，读者就要睡了，于是从第 × 行便改了节奏，增加一个音。火车是永远的单调，并且是不合音乐的单调。但是未来派的音乐家都是极端赞美一切机轮轧轧的声音呢。

一觉醒来，大概是安徽界了罢，但见一片绿色，耀人眼帘，比起山东界内的一片荒漠，寸草不生的情形，真是大不相同了。我前年过此地的时候，正是闹水灾，现在水干了，全是良田。北方农人真是寒苦，不要说他们的收获不及南方的农家的丰富，即是荒凉的环境，也够人难受了。但是由宁至沪一带，又比江北好多了，尽是一片一片的油菜花，阳光照上去，像黄琉璃似的，水牛也在稻田里面工作着，山清水秀，有说不出的一股圉和的神情。似泰山一带的山陵，雄险峻危，在江南是看不到了。"仁者乐山，智者乐水"，我想近水的人真是智，不说别的，单说在上海从四马路到马霍路黄包车夫就敲我二角钱！

（三）

我在上海会到的朋友，有郁达夫、郭沫若、成仿吾。除了达夫以外，都是没会过面的文字交，其实看过《女神》《三叶集》的人不能说是不认识沫若了。沫若和仿吾住在一处，我和达夫到他们家的时候，他们正在吃午饭。饭后我们便纵谈一切，最初谈的是国内翻译界的情形。仿吾正在做一篇论文，校正张东荪译的《物质与回忆》。我从没有想到张东荪的译本居然会有令人惊异的大错。

上海受西方化的程度，在国内要首屈一指了。就我的观察所及，洋服可以说是遍处皆是，并且穿得都很修洁可观。

真糟，什么阿猫阿狗都穿起洋装来了！我希望我们中国也产出几个甘地，实行提倡国粹，别令侵入的文化把我们固有的民族性打得片甲不留。我在上海大概可以算是乡下人了，只看我在跨渡马路时左右张望的神气就可以证实，我很心危，在上海充乡下人还不要紧，在纽约芝加哥被目为老戆，岂不失了国家体面？不过我终于是甘心做一个上海的乡下人，纽约的老戆。

除了洋装以外，在上海最普遍的是几句半通的英语。我很怀疑，我们的国语是否真那样的不敷用，非带引用英语不可。在清华的时候，我觉得我们时常中英合璧地说话是不大好的，哪里晓得，清华学生在北京固是洋气很足，到了上海和上海的学生比比，那一股洋气冲天的神情，简直不是我们所能望其项背了。

（四）

嘉善是沪杭间的一个小城。我到站后就乘小轿车进城，因为轿子是我的舅父雇好了的。我坐在轿子上倒也觉得新奇有趣。轿夫哼哈相应，汗流浃背，我当然觉得这是很不公道的举动，为什么我坐在轿上享福呢。但是我偶然左右一望，看着黄金色的油菜色，早把轿夫忘了。达夫曾说："我们只能做 Bougeoisie 的文学，'人力车夫式'的血泪文学是做不来的。"我正有同感。

嘉善最令我不能忘的两件事：便桶溺缸狼藉满街，刷马桶淘米洗菜在同一条小河里举行。这倒真是丝毫未受西方化的特征。两条街道，虽然窄小简陋，但是我走到街上心里却很泰然自若，因为我知道我身后没有汽车电车等杀人的利器追逐我。小小的商店，疏疏的住房，虽然是很像中古时期的遗型，在现代未免是太无进步，而我的确看到，住在这里的人，精神上很舒服，"乐在其中矣"。

这里有一个医院，一个小学校，一个电灯厂，还有一营的军队。鸦片烟几乎是家常便饭，吹者不知凡几。生活程度很低，十几间房子租起来不过五块钱。我想大城市生活真是非人的生活，除了用尽心力去应付经济压迫以外，我们就没有工夫做别的事了。并且在大城市里，物质供给太便利，精神上感到不安宁的苦痛。所以我在嘉善虽然只住了一天，虽然感受了一天物质供给不便利的情形，但是我在精神上比在上海时满意多了。

（五）

我到南京，会到胡梦华和一位玫瑰社的张女士，前者是我的文字交，后者是同学某君介绍的，他们都是在东南大学。我到南京的时候是下午，那天天气还好，略微有些云雾的样子。梦华领我出了寄宿舍，和一个车夫说："鸡鸣寺！怎么，你去不去？"车夫迟疑了一下，笑着说："去！"我心里兀自奇怪，我想车夫为什么笑呢？原来鸡鸣寺近在咫尺，我们坐上车两三分钟就到了，这不怪车夫笑我们，我们下了车自己也忍不住笑起来。梦华说："我恐怕你疲倦了……"

鸡鸣寺里有一间豁蒙楼，设有茶座，我们沿着窗边坐下了。这里有许多东大的学生，一面品茶，一面看书，似乎是非常的潇洒快意。据说这个地方是东大学生俱乐部的所在。推窗北眺，只见后湖的一片晶波闪烁，草木葱茂。石城古迹，就在寺东。

北极阁在寺西，雨渍尘封，斑驳不堪了，登阁远瞩，全城在望。

南京的名胜真多，可惜我的时间太短促了。第二天上午我们游秦淮河，下午我便北返了。秦淮河的大名真可说是如雷贯耳，至少看过《儒林外史》的人应该知道。我想象中的秦淮河实在要比事实的还要好几倍，不过到了秦淮河以后，却也心满意足了。秦淮河也不过是和西直门高梁桥的河水差不多，但是神气不同。秦淮河里船也不过是和万牲园松风水月处的船差不多，但是风味大异。我不禁想起从前鼓乐喧天灯火达旦的景象，多少的王孙公子在这里沉沦迷荡！其实这里风景并不见佳，不过在城里有这样一条河，月下荡舟却也是乐事。我在北京只在马路上吃灰尘，突然到河里荡漾起来，自然觉得格外有趣。

东南大学确是有声有色的学校，当然它的设备是远不及清华，它的图书馆还不及我们的旧礼堂；但是这里的学生没有上海学生的浮华气，没有北京学生的官僚气，很似清华学生之活泼朴质。清华同学在这里充教职的共十七人，所以前些天我们前校长周寄梅到这里演说，郭校长说出这样一句介绍词："周先生是我们东南大学的太老师。"实在，东大和清华真是可以立在兄弟行的。这里的教授很能得学生的敬仰，这是胜过清华的地方。我会到的教授，只是清华老同学吴宓。我到吴先生班上听了一小时，他在讲法国文学，滔滔不断，娓娓动听，如走珠，如数家珍。我想一个学校若不罗致几个人才做教授，结果必是一个大失败。我觉得清华应该特别注意此点。梦华告诉我，他们正在要求学校把张鑫海也请去，但因经济关系不知能成功否。下午梦华送我渡江，我便一直地北上了。我很感激梦华和张女士，蒙他们殷勤的招待，并且令梦华睡了一夜的地板。

（六）

我南下的时候，心里多少还有几分高兴，归途可就真无聊了。南游虽未尽兴，到了现在总算到了期限，不能不北返了。在这百无聊赖的火车生活里怎么消遣？打开书本，一个字也看不进去，躺在床上，睡也睡不着。可怕的寂寞啊！没有法子，我只有去光顾饭车了。

一天一夜的火车，真是可怕。我想利用这些时间去沉思罢，但是辘辘的车声吵得令人焦急。在这无聊的时候，我也只有做无聊的事了。我把衣袋里的小本子拿出来，用笔写着：——"我是北京清华学校的某某，家住北京……胡同，电话……号，In case of accident, please notify my family！"事后看起来，颇可笑。车到泊头，我便朗吟着：

——列车斗的寂然，

到哪一站了，

我起来看看。

路灯上写着"泊头"，

我知道到的是泊头。

无聊的诗在无聊的时候吟，更是无聊之极了。唉，不要再吟了，又要想起那"账簿式"的诗集了！

我在德州买了一筐梨，但是带到北京，一半烂了。

我很想在车上作几首诗，在诗尾注上"作于津浦道上"，但是我只好比人独步，我实在办不了。同车房里有一位镇江的妇人，随身带了十几瓶醋，那股气味真不得了，恐怕作出诗也要带点秀才气味呢。

在夜里十点半钟，我平安地到了北京，行李衣服四肢头颅完好如初，毫无损坏。

伍

岁月旧事

灰色的书目

在今年二月间，《清华周刊》同人请梁任公拟一《国学入门书要目》，直到五月里这个书目才在周刊上注销。以后就有许多报纸杂志传录了。我个人觉得这种书目对于一般浅学的青年是多少有一点益处的；不料今天副刊上读到吴稚晖的《箴洋八股化之理学》，才知道有人以为这书目是"灾梨祸枣""可发一笑""于人大不利，于学无所明"。

我觉得吴先生的文章倒真是有一点"灰色"！又长又冗的一大篇，简直令人捉不到他的思想的线索和辩驳的论点。里面文法错误欠妥的地方，不可计数；然而这是可以原谅的，因为"最高等之名流"写文章的时候往往是不计较其文章之通不通的。我最为吴先生惋惜的，便是他似乎不曾知道梁先生拟的书目的动机和内容，以致所下的断语只是糊涂、误解、孟浪！

我已经说过，梁氏拟书目是由于《清华周刊》记者的请求。胡适之的书目也是正在同时候请求拟作的。因为胡氏书目发表在先，所以梁氏书目附有批评的话。然而这绝不是如吴先生所说："梁先生上了胡适之的恶当，公然把……一篇书目答问择要。从西山送到清华园！"

整理国故原不必尽人而能，因为那是需要专门的人才，无须乎"大批的造"。假如代代能有几个梁启超、胡适去担任这个苦工，常为后学开辟求学的途径，那我们尽可高枕无忧，分工求学，或到法国去学"机关枪对打"，或到什么洒罗埃去学工艺。然而这话在讨论梁氏书目的时候，是说不着的！梁氏书目的主旨不是要造就一大批整理国故的人才，只是指示青年以研究国学的初步方法——这是在梁氏书目的附录里已经写得明明白白，而吴先生不曾了解。

我不大明白，为什么国学书目是"灰色"的。这个理由，吴先生在他的灰色的文章里也并没有说出。要解答这个问题，先要知道国学的性质。国学便是一国独自形成的学问，国学便是所以别于舶来的学问的一个名词。梁先生在与《清华周刊》记者谈话中曾说："国学常识依我所见就是简简单单的两样东西：一，中国历史之大概；二，中国人的人生观。"当然，学问这个东西，是不分国界的；不过中国在未开海禁以前，所有的经天纬地的圣经贤传，祸国殃民的邪说异端，大半是些本国的土产。到了现在，固然杜威罗素的影响也似乎不在孔孟以下，然而我们暂且撇开古今中外的学问的是非善恶的问题不论，为命名清晰起见，把本国土产的学问叫作国学，这却没有什么不可以的。今依梁氏之说，假定国学的常识（梁氏书目实在也不过是供给一些常识）是中国历史和中国人的人生观，我觉得这就很有研究的价值。换言之，很有做书目的价值。假如吴先生没读过中国历史，他就不能够说出"孔孟老墨便是春秋战国乱世的产物"的话；假如吴先生不知道中国人的人生观，他就不能够写出《篾洋八股化之理学》的大文；假如吴先生在呱呱落地之时就"同陈颂平先生相约不看中国书"，他就连今天看《晨报》副刊的能力都没有了。为什么吴先生到现在似乎很有些国学知识，反来"过水拆桥"，讽刺一般青年"饱看书史"为复古，攻击开拟国学书目的为妖言惑众？

梁氏书目预备出洋学生带出洋的书只有十四种，见《周刊》原文篇末的附函，而吴先生乃糊里糊涂地以为全书目皆是为出洋学生带出洋的，唉，这真是吴先生自己所说"凡事失诸毫厘，差以千里"了。今为宣传"祸国殃民"的"妖言"起见，把梁氏拟应带出洋的书目列左：

　　《四书集注》石印正续《文献通考》相台本《五经单注》石印《文选》石印浙刻《二十二子》《李太白集》《墨子闲诂》《杜工部集》《荀子集解》《白香山集》铅印《四史》《柳柳州集》铅印正续《资治通鉴》《东坡诗集》

　　内中几乎一半是中国文学书，一半是经史子。这是一切要学习中国韵文散文所必须读的根基书。没有充分读过这种"臭东西"的，不要说四六电报打不出，即是白话文也必写不明白。如其吴先生以为留学生的任务只是去到外国学习"用机关枪对打"的"工艺"，那我也就没有话说；若是吴先生还知道除了"用机关枪对打"以外，留学生还有事可做，有事应做，那么"出洋学生带了许多线装书出去"倒未必"成一个废物而归"！

以为"什么都是我国古代有的"，这种思想当然是值得被吴先生斥为"狗屁"；而以为国学便是古董遂"相约不看中国书"的思想，却也与狗屁相差不多！外国的学问不必勉强附会，认为我国古代早有，而我国古代确是早有的学问，也正不必秘而不宣。自夸与自卑的思想都是该至少"丢在茅厕里三十年"的！当然见仁见智，不能尽人而同，然而立言之际也该有些分寸。譬如你主张先用机关枪对打，后整理国故，那么开设文化学院的人并不一定和你的主张根本冲突，只是时间迟早之差罢了，那又何必小题大做把异己者骂得狗血喷头！

纽约的旧书铺

我所看见的在中国号称"大"的图书馆，有的还不如纽约下城十四街的旧书铺。纽约的旧书铺是极引诱人的一种去处，假如我现在想再到纽约去，旧书铺是我所要首先去流连的地方。

有钱的人大半不买书，买书的人大半没有多少钱。旧书铺里可以用最低的价钱买到最好的书。我用三块五角钱买到一部 Jewett 译的《柏拉图全集》，用一块钱买到第三版的《亚里士多德之诗与艺术的学说》，就是最著名的那个 Butcher 的译本，——这是我买便宜书之最高的纪录。

罗斯丹的戏剧全集，英文译本，有两大厚本，定价想来是不便宜。有一次我陪着一位朋友去逛旧书铺，在一家看到全集的第一册，在另一家又看到全集的第二册，我们便不动声色地用五角钱买了第一册，又用五角钱买了第二册。用同样的方法我们在三家书铺又拼凑起一部《品内罗戏剧全集》。后来我们又想如法炮制拼凑一部《易卜生全集》，无奈工作太伟大了，没有能成功。

别以为买旧书是容易事。第一，你这两条腿就受不了。串过十几家书铺以后，至少也要三四个钟头，则两腿谋革命矣。饿了的时候，十四街有的是卖"热狗"的，腊肠似的鲜红的一条肠子夹在两片面包里，再涂上一些芥末，颇有异味。再看看你两只手，可不得了，至少有一分多厚的灰尘。然后你左手挟着一包，右手提着一包，在地底电车里东冲西撞地踉跄而归。

书铺老板比买书的人精明。什么样的书有什么样的行市，你不用想骗他。并且买书的时候还要仔细，有时候买到家来便可发现版次的不对，或竟脱落了几十页。遇到合意的书不能立刻就买，因为顶痛心的事无过于买妥之后走到别家价钱还要便宜；也不能不立刻就买，因为才一回头的工夫，手长的就许先抢去了。这里面颇有一番心机。

在中国买英文书，价钱太贵还在其次，简直就买不到。因此我时常地忆起纽约的旧书铺。

清华七十

今年国立清华大学举办建校七十周年纪念，有朋友辗转问我要不要写一点回忆性质的文字以为祝贺。我在清华读过八年书，由十四岁到二十二岁，自然有不可磨灭的印象，难以淡忘的感情。我曾写过一篇《清华八年》，略叙我八年的经过，兹篇所述，偏重我所接触的师友及一些琐事之回忆，作为前文之补充。

现在新竹的国立清华大学，校址很广，规模很大，教授的阵容坚强，学生的程度优异，这是有口皆碑的。不过我所能回忆的清华，是在北平西直门外海甸北的清华园，新竹校园虽美，我却觉得有些异样。我记得：北平清华园的大门，上面横匾"清华园"三个大字，字不见佳，是清大学士那桐题的，遇有庆典之日，门口交叉两面国旗——五色旗；通往校门的马路是笔直一条碎石路，上面铺黄土，经常有清道夫一勺一勺地泼水；校门前小小一块广场，对面是一座小桥，桥畔停放人力车，并系着几匹毛驴。

门口内，靠东边有小屋数楹，内有一土著老者，我们背后呼之为张老头，他职司门禁，我们中等科的学生非领有放行木牌不得越校门一步，他经常手托着水烟袋，穿着黑背心，笑容可掬，我们若是和他打个招呼，走出门外买烤白薯、冻柿子，他也会装糊涂点点头，连说："快点儿回来，快点儿回来。"

校门以内是一块大空地，绿草如茵。有一条小河横亘草原。河以南靠东边是高等科，额曰"清华学堂"，也是那桐手笔。校长办公室在高等科楼上。民国四年我考取清华，我父执陆听秋（震）先生送我入校报到，陆先生是校长周诒春（寄梅）先生的圣约翰同学，我们进校先去拜见校长，校长指着墙上的一幅字要我念，我站到椅子上才看清楚，我没有念错，他点头微笑。我想我对他的印象比他对我的印象好。

河以北是中等科，一座教室的楼房之外，便是一排排的寝室，现在回想起来，像是编了号的监牢。我起初是六个人一间房间，后来是四人一间。室内有地板。白灰墙白灰顶，四白落地。铁床草垫，外配竹竿六根以备夏天支设蚊帐。有窗户，无纱窗，无窗帘。每人发白布被单床罩各二，又白帆布口袋二，装换洗衣服之用。洗衣作坊隔日派人取送。每两间寝室共用一具所谓"俄罗斯火炉"，墙上有洞以通暖气，实际上也没有多少暖气可通，但是火炉下面可以烤白薯，夜晚香味四溢。浴室厕所在西边毗邻操场。浴室备铝铁盆十几个，浴者先签到报备，然后有人来倒冷热水。一个礼拜不洗，要宣布姓名，仍不洗，要派员监视勒令就浴。这规矩好像从未严格执行，因为请人签到或签到之后就开溜，种种方法早就有人发明了。厕所有九间楼之称，不知是哪位高手设计，厕在楼上，地板挖洞，下承大缸，如厕者均可欣赏"板斜尿流急，坑深屎落迟"的景致。而白胖大蛆万头攒动争着要攀据要津，蹭蹬失势者纷纷黜落的惨象乃尽收眼底。严冬朔风鬼哭狼嚎，胆小的不敢去如厕，往往随地便溺，主事者不得已特备大木桶晚间抬至寝室门口阶下，桶深阶滑，有一位同学睡眼蒙眬不慎失足几遭灭顶（这位同学我在抗战之初偶晤于津门，已位居银行经理，谈及往事相与大笑）。

大礼堂是后造的。起先集会都在高等科的一个小礼堂里，凡是演讲、演戏、俱乐会都在那里举行。新的大礼堂在高等科与中等科之间，背着小河，前临草地，是罗马式的建筑，有大石柱，有圆顶，能容千余人，可惜的是传音性能不甚佳，在这大礼堂里，周末放电影，每次收费一角，像白珠小姐（Pearl White）主演的《蒙头人》（Hooded Terror）连续剧，一部接着一部，美女蒙难，紧张恐怖，虽是黑白无声，也很能引发兴趣，贾波林、陆克的喜剧更无论矣。我在这个礼堂演过两次话剧。

科学馆是后建的，体育馆也是。科学馆在大礼堂前靠右方。我在里面曾饱闻科罗芳的味道，切过蚯蚓，宰过田鸡（事实上是李先闻替我宰的，我怕在田鸡肚上划那一刀）。后来校长办公室搬在科学馆楼上，教务处也搬进去了。原来的校长室变成了学生会的会所，好神气！

体育馆在清华园的西北隅，虽然不大，有健身房，有室内游泳池，在当年算是很有规模的了。在健身房里我练过跳木马、攀杠子、翻筋斗、爬绳子、张飞卖肉……游泳池我不肯利用，水太凉，不留心难免喝一口，所以到了毕业之日游泳考试不及格者有两人，一个是赵敏恒，一个不用说就是区区我。

图书馆在园之东北，中等科之东，原来是平房一座，后建大楼，后又添两翼，踵事增华，蔚为大观。阅览室二，以软木为地板，故走路无声，不惊扰人。书库装玻璃地板，故透光，不需开灯。在当时都算是新的装备。一座图书馆的价值，不在于其建筑之宏伟，亦不尽在于其庋藏之丰富，而是在于其是否被人充分的加以利用。卷帙纵多，尘封何益。清华图书馆藏书相当丰富，每晚学生麇集，阅读指定参考书，座无虚席。大部头的手钞的《四库全书》，我还是在这里首次看到。

校医室在体育馆之南，小河之北。小小的平房一幢，也有病床七八张。舒美科医师主其事，后来换了一位肥胖的包克女医师。我因为患耳下腺炎曾住院两天，记得有两位男护士在病房对病人大谈其性故事与性经验，我的印象恶劣。

工字厅在河之南，科学馆之背后，乃园中最早之建筑，作工字形，故名。房屋宽敞，几净窗明，为招待宾客之处，平素学生亦可借用开会。工字厅的后门外有一小小的荷花池，池后是一道矮矮的土山，山上草木蓊郁。凡是纯中国式的庭园风景，有水必有山，因为挖地作池，积土为山，乃自然的便利。有昆明湖则必定有万寿山，不过其规模较大而已。清华的荷花池，规模小而景色佳，厅后对联一副颇为精彩：

槛外山光历春夏秋冬万千变幻都非凡境
窗中云影任东西南北去来澹荡洵是仙居

横额是"水木清华"四个大字。联语原为广陵驾鹤楼杏轩沈广文之作，此为祁隽藻所书。祁隽藻是嘉庆进士、大学士。所谓"仙居"未免夸张，不过在一片西式建筑之中保留了这样一块纯中国式的环境，的确别有风味。英国诗人华次渥兹说，人在情感受了挫沮的时候，自然景物会有疗伤的作用。我在清华最后两年，时常于课余之暇，陟小山，披荆棘，巡游池畔一周，不知消磨了多少黄昏。闻一多临去清华时用水彩画了一幅《荷花池畔》赠我。我写了一首白话新诗《荷花池畔》刊在《创造》季刊上，不知是郭沫若还是成仿吾还给我改了两个字。

荷花池的东北角有个亭子，这是题中应有之义，有山有水焉能无亭无台？亭附近高处有一口钟，是园中报时之具，每半小时敲一次，仿一般的船上敲钟的方法，敲两下是一点或五点或九点，一点半是当当、当，两点半是当当、当当、当，余类推。敲钟这份差事也不好当，每隔半小时就得去敲一次，分秒不爽而且风雨无阻。

工字厅的西南有古月堂，是几个小院落组成的中国式房屋，里面住的是教国文的老先生。有些年轻的教英文的教师记得好像是住在工字厅，美籍教师则住西式的木造洋房，集中在图书馆以北一隅。从住房的分配上也隐隐然可以看出不同的身份。

清华园以西是一片榛莽未除的荒地，也有围墙圈起，中间有一小土山耸立，我们称之为西园。小河经过处有一豁口，可以走进沿墙巡视一周，只见一片片的"萑苇被渚，蓼苹抽涯"，好像是置身于陶然亭畔。有一回我同翟桓赴西园闲步，水闸处闻泼剌声，俯视之有大鱼盈尺在石板上翻跃，乃相率蹇裳跣足，合力捕获之，急送厨房，烹而食之，大膏馋吻。

孩子没有不馋嘴的，其实岂只孩子？清华校门内靠近左边围墙有一家"嘉华公司"，招商承办，卖日用品及零食，后来收回自营，改称为售品所，我们戏称去买零食为"上售"。零食包括：热的豆浆、肉饺、栗子、花生之类。饿的时候，一碗豆浆加进砂糖，拿起一枚肉饺代替茶匙一搅，顷刻间三碗豆浆一包肉饺（十枚）下肚，鼓腹而出。最妙的是，当局怕学生把栗子皮剥得狼藉满地，限令栗子必须剥好皮才准出售，糖炒栗子从没有过这吃法。在清华那几年，正是生长突盛的时期，食量惊人。清华的膳食比较其他学校为佳，本来是免费的，我入校那年改为缴半费，我每月交三元半，学校补助三元。八个人一桌，四盘四碗四碟咸菜，盘碗是荤素各半，馒头白饭管够。冬季四碗改为火锅。早点是馒头稀饭咸菜四色，萝卜干、八宝菜、腌萝卜、腌白菜，随意加麻油。每逢膳时，大家挤在饭厅门外，我的感觉不是饥肠辘辘，是胃里长鸣。我清楚地记得，上第四堂课"西洋文学大纲"时，选课的只有四五人，所以就到罗伯森先生家里去听讲，我需要用手按着胃，否则肚里会呜呜地大叫。我吃馒头的最高纪录是十二个。斋务人员在饭厅里单占一桌，学生们等他们散去之后纷纷喊厨房添菜，不是木樨肉，就是肉丝炒辣椒，每个呼呼的添一碗饭。

清华对于运动夙来热心。校际球类比赛如获胜利，照例翌日放假一天，鼓舞的力量很大。跻身于校队，则享有特殊伙食以维持其体力，名之为"训练桌"，同学为之侧目。记得有一年上海南洋大学足球队北征，清华严阵以待。那一天朔风刺骨，围观的人个个打哆嗦而手心出汗。清华大胜，以中锋徐仲良、半右锋关颂韬最为出色。徐仲良脚下劲足，射门时球应声入网，其疾如矢。关颂韬最善盘球，左冲右突球不离身，三两个人和他争抢都奈何不了他。其他的队员如陆懋德、华秀升、姚醒黄、孟继懋、李汝祺等均能称职。生平看足球比赛，紧张刺激以此为最。篮球赛之清华的对手是北师大，其次是南开，年年互相邀赛，全力以赴，互有胜负。清华的阵容主要的以时昭涵、陈崇武为前锋，以孙立人、王国华为后卫。昭涵悍锐，崇武刁钻，立人、国华则稳重沉着。五人联手，如臂指使，进退恍惚，胜算较多。不能参加校队的，可以参加级队，不能参加级队的甚至可以参加同乡队、寝室队，总之是一片运动狂。我非健者，但是也踢破过两双球鞋，打破过几只网拍。

当时最普通而又最简便的游戏莫过于"击嘎儿"。所谓"嘎儿"者，是用木头楦出来的梭形物，另备木棍一根如擀面杖一般，略长略粗。在土地上掘一小沟，以嘎儿斜置沟之一端，持杖猛敲嘎儿之一端，则嘎儿飞越而出，愈远愈好。此戏为两人一组。一人击出，另一人试接，如接到则二人交换位置，如未接到则拾起嘎儿掷击平放在沟上之木棍，如未击中则对方以木杖试量其差距，以为计分，几番交换击接，计分较少之一方胜。清华并不完全洋化，像这样的市井小儿的游戏实在很土，其他学校学生恐怕未必属于一顾，而在清华有一阵几乎每一学生手里都挟有一杖一梭。每天下午有一个老铜锁匠担着挑子来到运动场边，他的职业本来是配钥匙开锁，但是他的副业喧宾夺主，他管修网球拍、补皮球胎、缝破皮鞋、发售木杖儿木嘎儿，以及其他零碎委办之事，他是园中一个不可或缺的服务者。

　　中等科的学生编为童子军，高等科的学生则练兵操，起初大家颇为认真，五四以后则渐废弛。

　　童子军分两大队，第一大队长是梅贻琦先生，第二大队长是席德柄先生。我被编入第二大队的一个小队。我们的制服整齐美观，厚呢的帽子宽宽的帽檐，烫得平平的，以视现今的若干学校童子军，戴的是软布帽，帽檐低垂倒挂如败荷叶，不可同日而语。童子军的室内活动以结绳始，别瞧这伏羲氏的时候就开始玩的把戏，时到如今花样忒多，我的手指头全是大拇指，时常急得一头汗。我现在只记得一种叫渔人结，比较简单，其他如什么帆脚索结、八字形结、方结……则都已忘得一干二净。户外活动比较有趣，圆明园旧址就在我们隔壁，野径盘纡，荒阡交互，正是露营的好去处。用一根火柴发火炊饭，不是一件容易事。饭煮成焦粑或稀粥，也觉得好吃。做了一年多的"生手"才考上了二等童军。上兵操另是一种趣味，大队长是姓刘还是劳，至今搞不清楚，只知道他是 W.W.Law 先生。那时候的兵操不能和现在的军训比，现在的军训真枪实弹勤习苦练，那时的兵操只是在操场上立正开步走，手里拿的是木枪。不过服装漂亮，五四之后清华学生排队进城，队伍整齐，最能赢得都人喝彩。

我的课外活动不多。在中二中三是曾邀约同学组织了一个专门练习书法的"戏墨社"，愿意参加的不多，大学忙着学英文，谁有那么多闲情逸致讨此笔砚生涯？和我一清早就提前起床，在吃早点点名之前做半小时余的写字练习，有吴卓、张嘉铸等几个人。吴卓临赵孟頫的《天冠山图咏》，柔媚潇洒，极有风致；张嘉铸写魏碑，学张廉卿，有古意；我写汉隶，临张迁，仅略得形似耳。我们也用白折子写小楷。包世臣的《艺舟双楫》、康有为的《广艺舟双楫》是我们这时候不断研习的典籍。我们这个结社也要向学校报备，还请了汪鸾翔（鞏庵）先生做导师，几度以作业送呈过目，这位长髯飘拂略有口吃的老师对我们有嘉勉但无指导。怪我毅力不够，勉强维持两年就无形散伙了。

进高等科之后，生活环境一变，我已近成年，对于文学发生热烈的兴趣。邀集翟桓、张忠绂、顾毓琇、李迪俊、齐学启、吴锦铨等人组织"小说研究社"，出版了一册《短篇小说作法》，还占据了一间寝室作为社址。稍后扩大了组织，改名为"清华文学社"，吸收了孙大雨、谢文炳、饶孟侃、杨世恩等以及比我们高三班的闻一多，共约三十余人。朱湘落落寡合，没有加入我们的行列，后终与一多失和，此时早已见其端倪。一多年长博学，无形中是我们这集团的领袖，和我最称莫逆。我们对于文学没有充分的认识，仅于课堂上读过少数的若干西方文学作品，对于中国文学传统亦所知不多，尚未能形成任何有系统的主张。有几个人性较浪漫，故易接近当时"创造社"一派。我和闻一多所作之《〈冬夜草儿〉评论》即成于是时。同学中对于我们这一批吟风弄月讴歌爱情的人难免有微词，最坦率的是梅汝璈，他写过一篇《辟文风》投给《清华周刊》，我是周刊负责的编辑之一，当即为之披露，但是于下一周期刊中我反唇相稽辞而辟之。

说起《清华周刊》，那是我在高四时致力甚勤的一件事。周刊为学生会主要活动之一，由学校负责经费开支，虽说每期五六十面不超过一百，里面有社论，有专论，有新闻，有文艺，俨然是一本小型综合杂志，每周一期，编写颇为累人。总编辑是吴景超，他做事有板有眼，一丝不苟。景超和我、顾毓琇、王化成四人同寝室。化成另有一批交游，同室而不同道。每到周末，我们三个人就要聚在一起，商略下一期周刊内容。社论数则是由景超和我分别撰作，交相评阅，常常秉烛不眠，务期斟酌于至当，而引以为乐。周刊的文艺一栏特别丰富，有时分印为增刊，厚达二百页。

高四的学生受到学校的优遇，全体住进一座大楼，内有暖气设备，有现代的淋浴与卫生设备。不过也有少数北方人如厕只能蹲而不能坐，则宁远征中等科照顾九间楼。高四那年功课并不松懈，唯心情愉快，即将与校园告别，反觉依依不舍。我每周进城，有时策驴经大钟寺趋西直门，蹄声得得，黄尘滚滚，赶脚的跟在后面跑，气咻咻然。多半是坐人力车，荒原古道，老树垂杨，也是难得的感受，途经海甸少不得要停下，在仁和买几瓶莲花白或桂花露，再顺路买几篓酱瓜酱菜，或是一匣甜咸薄脆，归家共享。

这篇文字无法结束，若是不略略述及我所怀念的六十多年前的几位师友。

首先是王文显先生，他做教务长相当久，后为清华大学英语系主任，他的英文姓名是 J.Wang Quincey，我没见过他的中文签名，听人说他不谙中文，从小就由一位英国人抚养，在英国受教育，成为一位十足的英国绅士。他是广东人，能说粤语，为人稳重而沉默，经常骑一辆脚踏车，单手扶着车把，岸然游行于校内。他喜穿一件运动上装，胸襟上绣着英国的校徽（是牛津还是剑桥我记不得了），在足球场上做裁判。他的英语讲得太好了，不但纯熟流利，而且出言文雅，音色也好，听他说话乃是一大享受。比起语言粗鲁的一般美国人士显有上下床之别。我不幸没有能在他班上听讲，但是我毕业之后任教北大时，曾两度承他邀请参加清华留学生甄试，于私下晤对言谈之间听他述英国威尔孙教授如何考证莎士比亚的版本，头头是道，乃深知其于英国文学的知识之渊博。先生才学深邃，而不轻表露，世遂少知之者。

巢堃霖先生是我的英文老师，他也是受过英国传统教育的学者，英语流利而有风趣。我记得他讲解一首伯朗宁的小诗《法军营中轶事》，连读带做，有声有色。我在班上发问答问，时常故作刁难，先生不以为忤。我一九四九年来台时先生任职港府，辱赐书欲推荐我于香港大学，我逊谢。

在中等科教过我英文的有马国骥、林玉堂、孟宪成诸先生。马先生说英语夹杂上海土话，亦庄亦谐，妙趣横生。一九四九年我与马先生重逢于台北，学生们仍执弟子礼甚恭，先生谈吐不同往时。林先生长我五六岁，圣约翰毕业后即来清华任教，先生后改名为语堂，当时先生对于胡适白话诗甚为倾倒，尝于英文课中在黑板上大书"人力车夫，人力车夫，车来如飞……"然后朗诵，击节称赏。我们一九二三级的"级呼"（Class Yell）是请先生给我们作的：

Who are，who are，who are we？

We are，we are，twenty-three．

Ssss bon-bah！

　　孟先生是林先生的同学，后来成为教育学家。林先生活泼风趣，孟先生凝重细腻。记得孟先生教我们读《汤伯朗就学记》（Tom Brown's Schooldays），这是一部文学杰作，写英国勒格贝公共学校的学生生活，先生讲解精详，其中若干情况至今不能忘。

　　教我英文的美籍教师有好几位，我最怀念的是贝德女士（Miss Baeder），她教我们"作文与修辞"，我受益良多。她教我们作文，注重草拟大纲的方法。题目之下分若干部分，每部分又分若干节，每节有一个提纲挈领的句子。有了大纲，然后再敷衍成为一篇文字。这方法其实是训练思想，使不枝不蔓层次井然，用在国文上也同样有效。她又教我们议会法，一面教我们说英语，一面教我们集会议事的规则（也就是孙中山先生所讲的民权初步），于是我们从小就学会了什么动议、附议、秩序问题、权利问题，等等，终身受用。大抵外籍教师教我们英语，使用各种教材教法，诸如辩论、集会、表演、游戏之类，而不专门致力于写、读、背。是于实际使用英语中学习英语。还有一位克利门斯女士（Miss Clemens）我也不能忘，她年纪轻，有轻盈的体态，未开言脸先绯红。

教我音乐的西莱女士（Miss Seeley），教我图画的是斯塔女士（Miss Starr）和李盖特女士（Miss Liggate），我上她们的课不是受教，是享受。所谓如沐春风不就是享受么？教我体育的是舒美科先生、马约翰先生，马先生黑头发绿眼珠，短小精悍，活力过人，每晨十时，一声铃响，全体自课室蜂拥而出，排列在一个广场上，"一、二、三、四，二、二、三、四……"连做十五分钟的健身操，风霜无阻，也能使大家出一头大汗。

我的国文老师当中，举人进士不乏其人，他们满腹诗书自不待言，不过传授多少给学生则是另一问题。清华不重国文，课都排在下午，毕业时成绩不计，教师全住在古月堂自成一个区域。我怀念徐镜澄先生，他教我作文莫说废话，少用虚字，句句要挺拔，这是我永远奉为圭臬的至理名言。我曾经写过一篇记徐先生的文章，兹不赘。陈敬侯先生是天津人，具有天津人特有的幽默，除了风趣的言谈之外还逼我们默写过好多篇古文。背诵之不足，继之以默写，要把古文的格调声韵砸到脑子里去。汪鸾翔先生以他的贵州口音结结巴巴地说："有……有人说，国国文没……没有趣味，国国文怎能没……没有趣味，趣味就在其中啦！"当时听了当作笑话，现在体会到国文的趣味之可意会而不可言传，真是只好说是"在其中"了。

八年同窗好友太多了，同级的七八十人如今记得姓名的约有七十，有几位我记得姓而忘其名，更有几位我只约略记得面貌。初来台湾时，在台的级友包括徐宗涑、王国华、刘溟章、辛文锜、孙清波、孙立人、李先闻、周大瑶、吴大钧、江元仁、周思信、严之卫、翟桓、吴卓和我，偶尔聚餐话旧，现则大半凋零。

我在清华最后两年，因为热心于学生会的活动，和罗努生、何浩若、时昭沄来往较多。浩若来台后曾有一次对我说：

"当年清华学生中至少有四个人不是好人，一个是努生，一个是昭沄，一个是区区我，一个是阁下你。应该算是四凶。常言道'好人不长寿'，所以我对于自己的寿命毫不担心。如今昭沄年未六十遽尔作古，我的信心动摇矣！"他确是信心动摇，不久亦成为九泉之客。其实都不是坏人，只是年少轻狂不大安分。我记得有一次演话剧，是陈大悲作的《良心》，初次排演的时候斋务主任陈筱田先生在座（他也饰演一角），他指着昭沄说："时昭沄扮演那个坏蛋，可以无需化妆。"哄堂大笑。昭沄一瞪眼，眼睛比眼镜还大出一圈。他才思敏捷，英文特佳。为了换取一点稿酬，译了我的《雅舍小品》、孟瑶的《心园》、张其昀的《孔子传》。不幸在出使巴西任内去世。努生的公私生活高潮迭起，世人皆知，在校时扬言"九年清华三赶校长"，我曾当面戏之曰："足下才高于学，学高于品。"如今他已下世，我仍然觉得"世人皆欲杀，吾意独怜才"。至于浩若，他是清华同学中唯一之文武兼具者，他在清华的时候善写古文，波澜壮阔。在美国读书时倡国家主义最为激烈，返国后一度在方鼎英部下任团长，抗战期间任物资局长，晚年萧索，意气消磨。

我清华最后一年同寝室者吴景超与顾毓琇，不可不述。景超徽州歙县人，永远是一袭灰布长袍，道貌岸然，循规蹈矩，刻苦用功。好读史迁，故大家戏呼之为太史公。为文有法度，处事公私分明。供职经济部时所用邮票分置两纸盒内，一供公事，一供私函，决不混淆，可见其为人之一斑。毓琇江苏无锡人，治电机，而于诗词、戏剧、小说无所不窥，精力过人，为人机警，往往适应局势猛着先鞭。

还有两个我所敬爱的人物。一个是潘光旦，原名光亶，江苏宝山人，因伤病割去一腿，徐志摩所称道的"胡圣潘仙"，胡圣是适之先生，潘仙即光旦，以其似李铁拐也。光旦学问渊博，融贯中西，治优生学，后遂致力于我国之谱牒，时有著述，每多发明。其为人也，外圆内方，人皆乐与之游。还有一个是张心一，原名继忠，是我所知的清华同学中唯一的真正的甘肃人。他是一个传奇人物。他嫌理发一角钱太贵，尝自备小刀对镜剃光头，常是满头血迹斑斓。在校时外出永远骑驴，抗战期间一辆摩托机车跑遍后方各省。他作一个银行总稽核，外出查账，一向不受招待，某地分行为他设盛筵，他闻声逃匿，到小吃摊上果腹而归。他做建设厅长时，骑机车下乡，被匪劫持上山，查明身份后匪徒飨以烤肉恭送下山，敬礼有加。他的轶事一时也说不完。

我在清华一住八年，由童年到弱冠，在那里受环境的熏陶，受师友的教益，这样的一个学校是名副其实的我的母校，我自然怀着一份深厚的感情。不过这份感情也不是没有羼着一些复杂的成分。我时常想起，清华建校实乃前清光绪二十六年庚子事变所造成的。义和团之乱是我们的耻辱。其肇事的动机是民间不堪教会外人压迫，其事可耻，而义和团之荒谬行径，其事更可耻，清廷之颠顸糊涂，人民之盲从附和，其事尤其可耻，迨其一败涂地丧权误国，其可耻乃至无以复加。光绪三十四年五月，美国国会通过议案，退还赔款的一部分给中国政府，以为兴办教育之用，这便是清华建校的原始。我的母校是在耻辱之中成立，而于耻辱之中又加进了令人惭愧的因素。提起清华便不能不令人想起七十余年前的这一段惨痛历史。

美国退还赔款给我们办教育，当然是善意的。事实上晚近列强侵略中国声中，美国是比较对我们最为友好的。虽然我们也知道，鸦片贸易不仅是英国一国的奸商作孽，不仅是英国一国的政府贪婪的纵容，美国人也插上了一脚。至今美国波士顿附近还有一个当年贩卖鸦片致富的船主所捐建的一个小小的博物馆，里面陈列着不少鸦片烟枪烟斗。不过美国对我们没有领土野心，不曾对我们动辄开炮。就是八国联军占领北京那一段期间，也是美国分据的那一区域比较文明。这是众所周知的事实。所以中国人对美国人的友谊一向是比较密切。

但是我也要指陈，美国退还赔款的动机并不简单。偶读一九七七年三月出版的《自由谈》三十卷三期，戴良先生辑《中美传统友谊大事记》，内有这样一段：

"光绪三十四年五月，国会通过退还庚款。史密斯致老罗斯福的备忘录：那一个国家能做到教育这一代的青年中国人，那个国家就将由于这方面所支付的努力，而在精神的和商业的影响上，取回最大可能的收获。如果美国在三十年前已经做到把中国学生的潮流引向这一个国家来，并能使这个潮流继续扩大，那么，我们现在一定能够使用最圆满最巧妙的方式而控制中国的发展——这就是说，使用那知识与精神上的支配中国的领袖的方式！"

罗斯福大概是接受了这个意见。以教育的方式造就出一批亲美的人才，从而控制中国的发展。这几句话，我们听起来，能不警惕、心寒、惭愧？所以我说：清华是于耻辱的状况和惭愧的心情中建立的。

在庆祝清华建校七十周年声中，也许不该提起往日的一些不愉快的事情。其实我们不能回到水木清华的旧址去欢呼庆祝，而在此地为文纪念，这件事情本身也就够令人心伤了！

北平年景

过年须要在家乡里才有味道，羁旅凄凉，到了年下只有长吁短叹的份儿，还能有半点欢乐的心情？而所谓家，至少要有老小二代，若是上无双亲，下无儿女，只剩下伉俪一对，大眼瞪小眼，相敬如宾，还能制造什么过年的气氛？北平远在天边，徒萦梦想，童时过年风景，尚可回忆一二。

祭灶过后，年关在迩。家家忙着把锡香炉、锡蜡签、锡果盘、锡茶托，从蛛网尘封的箱子里取出来，做一年一度的大擦洗。宫灯、纱灯、牛角灯，一齐出笼。年货也是要及早备办的，这包括厨房里用的干货，拜神祭祖用的苹果干果等，屋里供养的牡丹水仙，孩子们吃的粗细杂拌儿。蜜供是早就在白云观订制好了的，到时候用纸糊的大筐篓一碗一碗地装着送上门来。家中大小，出出进进，如中风魔。主妇当然更有额外负担，要给大家制备新衣新鞋新袜，尽管是布鞋布袜布大衫，总要上下一新。

祭祖先是过年的高潮之一。祖先的影像悬挂在厅堂之上，都是七老八十的，有的撇嘴微笑，有的金刚怒目，在香烟缭绕之中，享用蒸禋，这时节孝子贤孙叩头如捣蒜，其实亦不知所为何来，慎终追远的意思不能说没有，不过大家忙的是上供、拈香、点烛、磕头，紧接着是撤供，围着吃年夜饭，来不及慎终追远。

吃是过年的主要节目。年菜是标准化了的，家家一律。人口旺的人家要进全猪，连下水带猪头，分别处理下咽。一锅炖肉，加上蘑菇是一碗，加上粉丝又是一碗，加上山药又是一碗，大盆的芥末墩儿、鱼冻儿、肉皮辣酱、成缸的大腌白菜、芥菜疙瘩，——管够，初一不动刀，初五以前不开市，年菜非囤积不可，结果是年菜等于剩菜，吃倒了胃口而后已。

"好吃不过饺子，舒服不过倒着"，这是乡下人说的话，北平人称饺子为"煮饽饽"。城里人也把煮饽饽当作好东西，除了除夕消夜不可少的一顿之外，从初一至少到初三，顿顿煮饽饽，直把人吃得头昏脑涨。这种疲劳填充的方法颇有道理，可以使你长期地不敢再对煮饽饽妄动食指，直等到你淡忘之后明年再说。除夕消夜的那一顿，还有考究，其中一只要放进一块银币，谁吃到那一只主交好运。家里有老祖母的，年年是她老人家幸运地一口咬到。谁都知道其中做了手脚，谁都心里有数。

孩子们须要循规蹈矩，否则便成了野孩子，唯有到了过年时节可以沐恩解禁，任意地作孩子状。除夕之夜，院里洒满了芝麻秸儿，孩子们践踏得咯吱咯吱响，是为"踩岁"。闹得精疲力竭，睡前给大人请安，是为"辞岁"。大人摸出点什么作为赏赉，是为"压岁"。

新正是一年复始，不准说丧气话，见面要道一声"新禧"。房梁上有"对我生财"的横批，柱子上有"一人新春万事如意"的直条，天棚上有"紫气东来"的斗方，大门上有"国恩家庆人寿年丰"的对联。墙上本来不大干净的，还可以贴上几张年画，什么"招财进宝""肥猪拱门"，都可以收补壁之效。自己心中想要获得的，写出来画出来贴在墙上，俯仰之间仿佛如意算盘业已实现了！

好好的人家没有赌博的。打麻将应该到八大胡同去，在那里有上好的骨牌，硬木的牌桌，还有佳丽环列。但是过年则几乎家家开赌，推牌九、状元红，呼么喝六，老少咸宜。赌禁的开放可以延长到元宵，这是唯一的家庭娱乐。孩子们玩花炮是没有腻的。九隆斋的大花盒，七层的九层的，花样翻新，直把孩子看得瞠眼咋舌。冲天炮、二踢脚、太平花、飞天七响、炮打襄阳，还有我们自以为值得骄傲的可与火箭媲美的"旗火"，从除夕到天亮彻夜不绝。

街上除了油盐店门上留个小窟窿外，商店都上板，里面常是锣鼓齐鸣，狂擂乱敲，无板无眼，据说是伙计们在那里发泄积攒一年的怨气。大姑娘小媳妇搽脂抹粉地全出动了，三河县的老妈儿都在头上插一朵颤巍巍的红绒花。凡是有大姑娘小媳妇出动的地方就有更多的毛头小伙子乱钻乱挤。于是厂甸挤得水泄不通，海王村里除了几个露天茶座坐着几个直流鼻涕的小孩之外并没有什么可看，但是入门处能挤死人！火神庙里的古玩玉器摊，土地祠里的书摊画棚，看热闹的多，买东西的少。

赶着天晴雪霁，满街泥泞，凉风一吹，又滴水成冰，人们在冰雪中打滚，甘之如饴。"喝豆汁儿，就咸菜儿，琉璃喇叭大沙雁儿"，对于大家还是有足够的诱惑。此外如财神庙、白云观、雍和宫，都是人挤人、人看人的局面，去一趟把鼻子耳朵冻得通红。

新年狂欢拖到十五。但是我记得有一年提前结束了几天，那便是"民国元年"，阴历的正月十二日，在普天同庆声中，袁世凯嗾使北军第三镇曹锟驻禄米仓部队哗变掠劫平津商民两天。这开国后第一个惊人的年景使我到如今不能忘怀。

故都乡情

北平城，历元、明、清以至民初，都是首都所在地。辇下人文荟萃，其间风土人情可记之处自不在少。明刘侗、于奕正合撰《帝京景物略》，清乾隆敕撰《日下旧闻考》都是翔实的记载；晚清的《燕京岁时记》以及抗战前北平研究院编《北平风俗类征》更是取材广博，巨细靡遗。寓居台湾人士每多故乡之思，而怀念北平者尤多，实因北平风物多彩多姿，令人低回留恋而不能自已。在这方面杰出的著作，我有缘拜读过的有陈鸿年的《故都风物》，郭立诚的《故都忆往》，唐鲁孙的《故园情》《中国吃》《南北看》《天下味》，皆笔触细腻，亲切动人。而最新出版的要数喜乐先生、小民女士贤伉俪所作之《故都乡情》，搜集北平的技艺、小贩、劳工、小吃，形形色色，一一加以介绍。其中资料全是作者亲身经验，以清末民初的北平社会实况为蓝本。尤其难能可贵的是喜乐、小民对北平各阶层有深入的了解，有许多情形不是一般北平土著都能洞晓的。而喜乐先生雅擅绘笔，力求传真不遗细节，小民的文笔活泼文雅，图文并茂，相得益彰。

我有一点感想。大概人都爱他的故乡，离乡背井一向被认为是一件苦事。英国浪漫诗人拜伦因为行为不检不容于清议，愤而去国，客死海外。他临行时说："不是我不配居住在英国，便是英国不配让我来居住。"其言虽激，其情可悯。其实一个人远离家乡，无论是由于任何缘故，日久必有一股乡愁。我是北平人，我生长在北平，祖宗坟墓在北平，然而一去三十余年，"春秋迭年，必有去故之悲"。如今读到这部大著，乃有重涉故园之感。

人于其家乡往往有所偏爱，觉得家乡一切都比外乡的好。曾见有人怀念故乡之文，始终不说明其家乡之所在，动辄曰"我家乡的桃是如何肥美"或"我家乡的梨是如何嫩甜"，一似他的家乡所产的水果可以独步天下。其实肥城桃莱阳梨才是真正的美味，无与伦比，其他各地所产相形之下直培娄耳。我们并不讥评他的见识不广，我们宁愿欣赏他的爱乡之殷。

我也曾见人为文，夸赏他的家乡的时候，引用杜工部的诗句"月是故乡明"以表达他的情思。"外国的月亮圆"，固然是语无伦次，若说故乡之月较他处为明，岂不同样可嗤。按：九家注杜诗，师民瞻注云："江淹《别赋》'隔千里兮共明月'。子美工于用字，析而倒言之，故其语势尤健。"是工部乃在说故乡之月此时亦正明也，何尝有比较之意？妄引杜诗，也是由于爱乡情切，不无可原。喜乐、小民之书没有这种偏颇的毛病，北方风物之简陋处于有意无意之间毫无隐讳。

时代转移，北平也跟着变化。辛亥革命是一变，首都南迁是一变，日寇入侵是一变，而最近三十余年又是彻底翻腾的一大变。北平的社会面貌有了变化，北平的风土人情也跟着有了变化。三十多年前，乃至五六十年前北平风物的老样子，现在已经不可复睹了。喜乐、小民这部书是当年北平风物的实录，令人读后无限神往。我相信，有不少读者，会像我一样，觉得时光倒流，又复置身于那个既古老、又有趣、"无风三尺土，有雨一街泥"、喝豆汁、吃灌肠、放风筝、逛厂甸的北平城。

想我的母亲

　　父母对子女的爱，子女对父母的爱，是神圣的。我写过一些杂忆的文字，不曾写过我的父母，因为关于这个题目我不敢轻易下笔。小民女士逼我写几句话，辞不获已，谨先略述二三小事以应，然已临文不胜风木之悲。

　　我的母亲姓沈，杭州人。世居城内上羊市街。我在幼时曾侍母归宁，时外祖母尚在，年近八十。外祖父入学后，没有更进一步的功名，但是课子女读书甚严。我的母亲教导我们读书启蒙，尝说起她小时苦读的情形。她同我的两位舅父一起冬夜读书，冷得腿脚僵冻，取大竹篓一，实以败絮，三个人伸足其中以取暖。我当时听得惕然心惊，遂不敢荒嬉。我的母亲来我家时年甫十八九，以后操持家务尽瘁终身，不复有暇进修。

我同胞兄弟姊妹十一人，母亲的煦育之劳可想而知。我记得我母亲常于百忙之中抽空给我们几个较小的孩子们洗澡。我怕肥皂水流到眼里，我怕痒，总是躲躲闪闪，总是格格地笑个不住，母亲没有工夫和我们纠缠，随手一巴掌打在身上，边洗边打边笑。

　　北方的冬天冷，屋里虽然有火炉，睡时被褥还是凉似铁。尤其是钻进被窝之后，脖子后面透风，冷气顺着脊背吹了进来。我们几个孩子睡一个大炕，头朝外，一排四个被窝。母亲每晚看到我们钻进了被窝，叽叽喳喳的笑语不停，便走过来把油灯吹熄，然后给我们一个个的把脖子后面的棉被塞紧，被窝立刻暖和起来，不知不觉地就睡着了。我不知道母亲用的是什么手法，只知道她塞棉被带给我无可言说的温暖舒适，我至今想起来还是快乐的，可是那个感受不可复得了。

　　我从小不喜欢喧闹。祖父母生日照例院里搭台唱傀儡戏或滦州影。一过八点我便掉头而去进屋睡觉。母亲得暇便取出一个大簸箩，里面装的是针线剪尺一类的缝纫器材，她要做一些缝缝连连的工作，这时候我总是一声不响地偎在她的身旁，她赶我走我也不走，有时候竟睡着了。母亲说我乖，也说我孤僻。如今想想，一个人能有多少时间可以偎在母亲身旁？

在我的儿时记忆中，我母亲好像是没有时间睡觉。天亮就要起来，给我们梳小辫是一桩大事，一根一根的梳个没完。她自己要梳头，我记得她用一把抿子醮着刨花水，把头发弄得锃光大亮。然后她就要一听上房有动静便急忙前去当差。盖碗茶、燕窝、莲子、点心，都有人预备好了，但是需要她去双手捧着送到祖父母跟前，否则要儿媳妇做什么？在公婆面前，儿媳妇是永远站着，没有座位的。足足的站几个钟头下来，不是缠足的女人怕也受不了！最苦的是，公婆年纪大，不过午夜不安歇，儿媳妇要跟着熬夜在一旁侍候。她困极了，有时候回到房里来不及脱衣服倒下便睡着了。虽然如此，母亲从来没有发过一句怨言。到了民元前几年，祖父母相继去世，我母亲才稍得轻闲，然而主持家政教养儿女也够她劳苦的了。她抽暇隔几年返回杭州老家去度夏，有好几次都是由我随侍。

母亲爱她的家乡。在北京住了几十年，乡音不能完全改掉。我们常取笑她，例如北京的"京"，她说成"金"，她有时也跟我们学，总是学不好，她自己也觉得好笑。我有时学着说杭州话，她说难听死了，像是门口儿卖笋尖的小贩说的话。

我想一般人都会同意，凡是自己母亲做的菜永远是最好吃的。我的母亲平常不下厨房，但是她高兴的时候，尤其是父亲亲自到市场买回鱼鲜或其他南货的时候，在父亲特烦之下，她也欣然操起刀俎。这时候我们就有福了。我十四岁离家到清华，每星期回家一天，母亲就特别疼爱我，几乎很少例外的要亲自给我炒一盘冬笋木耳韭菜黄肉丝，起锅时浇一勺花雕酒，这是我最喜欢的一道菜。但是这一盘菜一定要母亲自己炒，别人炒味道就不一样了。

我母亲喜欢在高兴的时候喝几盅酒。冬天午后围炉的时候，她常要我们打电话到长发叫五斤花雕，绿釉瓦罐，口上罩着一张毛边纸，温热了倒在茶杯里和我们共饮。下酒的是大落花生，若是有"抓空儿的"，买些干瘪的花生吃则更有味。我和两位姊姊陪母亲一顿吃完那一罐酒。后来我在四川独居无聊，一斤花生一罐茅台当作晚饭，朋友们笑我吃"花酒"，其实是我母亲留下的作风。

我自从入了清华，以后和母亲在一起的时候就少了。抗战前后各有三年和母亲住在一起。母亲晚年喜欢听评剧，最常去的地方是吉祥，因为离家近，打个电话给卖飞票的，总有好的座位。我很后悔，我没能分出时间陪她听戏，只是由我的姊姊弟弟们陪她消遣。

　　我父亲曾对我说，我们的家所以成为一个家，我们几个孩子所以能成为人，全是靠了我母亲的辛劳维护。一九四九年以后，音讯中断，直等到恢复联系，才知道母亲早已弃养，享寿九十岁。西俗，母亲节佩红康乃馨，如不确知母亲是否尚在则佩红白康乃馨各一。如今我只有佩白康乃馨的份了，养生送死，两俱有亏，惨痛惨痛！

教育你的父母

"养不教，父之过。"现在时代不同了。父母年纪大了，子女也负有教育父母的义务。话说起来好像有一点刺耳，而事实往往确是这样。

"吃到老，学到老。"前半句人人皆优为之，后半句却不易做到。人到七老八十，面如冻梨，痴呆黄耉，步履维艰，还教他学什么？只合含饴弄孙（如果他被准许做这样的事），或只坐在公园木椅上晒太阳。这时候做子女的就要因材施教，教他的父母不可自暴自弃，应该"当一天和尚撞一天钟"，"人生七十才开始"。西谚有云："没有狗老得不能学新把戏。"岂可人不如狗？并且可以很容易地举出许多榜样，例如：

一、摩西老祖母一百岁时还在画。

二、罗素九十四岁时还在奔走世界和平。

三、萧伯纳九十二岁还在编戏。

四、史怀泽八十九岁还在非洲行医。

五、歌德写完他的《浮士德》时是八十三岁。

旁敲侧击，教他见贤思齐，争上游，不可以自甘老朽，饱食终日。游手好闲，耗吃等死，就是没出息。年轻人没出息，犹有指望，指望他有朝一日悔悔自新。上了年纪的人没出息，还有什么指望？二辈子！

孩子已经长大成人，甚至已经生男育女，在父母眼中他还是孩子。所以老莱子彩衣娱亲，仆地作儿啼，算是孝行。那时候他已经行年七十，他的父母该是九十以上的人了。这种孝行如今不可能发生。如今的孩子，翅膀一硬，就要远走高飞，此后男婚女嫁，小两口子自成一个独立的单位，五世同堂乃成为一种幻想，或竟是梦魇。现代子女应该早早提醒父母，老境如何打发，宜早为之计，告诉他们如何储蓄以为养老之资，如何锻炼身体以免百病丛生。最重要的是要他们心里有所准备，需要自求多福。颐养天年，与儿女无涉。俗语说："一个人可以养活十个儿子，十个儿子养不活一个爸爸。"那就是因为儿子本身也要养活儿子，自顾不暇，既要承上，又要启下，忙不过来。十个儿子互相推诿，爸爸就没人管了。

代沟之说，有相当的道理。不过这条沟如何沟通，只好潜移默化，子女对父母未便耳提面命。上一代的人有许多怪习惯，例如：父母对于用钱的方式，就常不为子女所了解。年轻人心里常嘀咕，你要那么多钱干什么？一个钱也带不了棺材里去！一个钱看得像斗大，一串串的穿在肋骨上，就是舍不得摘下来。眼瞧着钱财越积越多，而生活水准不见提高。嘀咕没有用，要事实上逐步提示新的生活模式。看他的一把座椅缺了一只脚，垫着一块砖，勉强凑合，你便不妨给他买一张转椅躺椅之类，看他肯不肯坐。看他的衣服捉襟见肘，污渍斑斑，你便不妨给他买一件松松大大的夹克，看他肯不肯穿。这当然不免要破费几文，然而这是个案研究的教学法，教具是免不了的。终极目的是要父母懂得如何过现代的生活，要让他知道消费未必就是浪费。

勤俭起家的人无不爱惜物资。一颗饭粒都不可剩在碗里，更不可以落在地上。一张纸，一根绳，都不能委弃。以致家家都有一屋子的破铜烂铁。陶侃竹头木屑的故事一直传为美谈，须知陶侃至少有储存那些竹头木屑的地方。如今三房两厅的逼仄的局面，如何容得下那一大堆的东西？所以做子女的在家里要不时地负起清除家里陈年垃圾的责任。要教导父母，莫要心疼，旧的不去，新的不来。

我们一般中国人没有立遗嘱的习惯，尽管死后子女打得头破血出，或是把一张楠木桌锯成两半以便平分，或是缠讼经年丢人现眼，就是不肯早一点安排清楚。其原因在于讳言死。人活着的时候称死为"不讳"或"不可讳"，那意思就是说能讳时则讳，直到翘了辫子才不再讳。逼父母立遗嘱，这当然使不得。劝父母立遗嘱，也很难启齿。究竟如何使父母早立遗嘱，就要相机行事，乘父母心情开朗的时候，婉转进言，善为说辞，以不伤感情为主。等到父母病革，快到易箦的时候才请他口授遗言，似乎是太晚了一些。

教育的方法多端，言教不如身教。父母并非低能，大抵也会知道模仿。在公共场所，如果年轻人都知道不可喧哗，他们的父母大概也会不大声说话。如果年轻人都知道鱼贯排队，他们的父母也会不再攘臂抢先。如果年轻人不牵着狗在人行道上遗矢，他们的父母也许不好意思到处吐痰。种种无言之教，影响很大，父母教育儿女，儿女也教育父母，有些事情是需要解释的，例如：中年发福不是好现象，要防止血压高，要注意胆固醇，等等。

有些父母在行为上犯有错误，甚至恶性重大不堪造就，为人子者也负有教育的责任。子曰："事父母，几谏；见志不从，又敬而不违，劳而不怨。"这就是说，父母有错，要委婉劝告，不可不管；他不听，也不可放弃不管，更不可怨恨。当然，更不可以体罚。看父母那副孱弱的样子，不足以当尊拳。

我的一位国文老师

　　我在十八九岁的时候，遇见一位国文先生，他给我的印象最深，使我受益也最多，我至今不能忘记他。

　　先生姓徐，名镜澄，我们给他取的绰号是"徐老虎"，因为他凶。他的相貌很古怪，他的脑袋的轮廓是有棱有角的，很容易成为漫画的对象。头很尖，秃秃的，亮亮的，脸形却是方方的，扁扁的，有些像《聊斋志异》绘图中的夜叉的模样。他的鼻子、眼睛、嘴好像是过分的集中在脸上很小的一块区域里。他戴一副墨晶眼镜，银丝小镜框，这两块黑色便成了他脸上最显著的特征。我常给他漫画，勾一个轮廓，中间点上两块椭圆形的黑块，便惟妙惟肖。他的身材高大，但是两肩总是耸得高高；鼻尖有一些红，像酒糟的鼻孔里常常藏着两筒清水鼻涕，不时地吸溜着，说一两句话就要用力地吸溜一声，有板有眼有节奏，也有时忘了吸溜，走了板眼，上唇上便亮晶晶的吊出两根玉箸，他用手背一抹。他常穿的是一件灰布长袍，好像是在给谁穿孝，袍子在整洁的阶段时我没有赶得上看见，余生也晚，我看见那袍子的时候即已油渍斑烂。他经常是仰着头，迈着八字步，两眼望青天，嘴撇得瓢儿似的。我很难得看见他笑，如果笑起来，是狞笑，样子更凶。

我的学校很特殊的。上午的课全是用英语讲授，下午的课全是国语讲授。上午的课很严，三日一问，五日一考，不用功便要被淘汰；下午的课稀松，成绩与毕业无关。所以每到下午上国文之类的课程，学生们便不踊跃，课堂上常是稀稀拉拉的不大上座，但教员用拿毛笔的姿势举着铅笔点名的时候，学生却个个都到了，因为一个学生不只答一声到。真到了的学生，一部分从事午睡，微发鼾声，一部分看小说如《官场现形记》《玉梨魂》之类，一部分写"父母亲大人膝下"式的家书，一部分干脆瞪着大眼发呆，神游八表。有时候逗先生开玩笑。国文先生呢，大部分都是年高有德的，不是榜眼，就是探花，再不就是举人。他们授课也不过是奉行故事，乐得敷敷衍衍。在这种糟糕的情形之下，徐老先生之所以凶，老是绷着脸，老是开口就骂人，我想大概是由于正当防卫吧。

有一天，先生大概是多喝了两盅，摇摇摆摆地进了课堂。这一堂是作文，他老先生拿起粉笔在黑板上写了两个字，题目尚未写完，当然照例要吸溜一下鼻涕。就在这吸溜之际，一位性急的同学发问了："这题目怎样讲呀？"老先生转过身来，冷笑两声，勃然大怒："题目还没有写完，写完了当然还要讲，没写完你为什么就要问？……"滔滔不绝吼叫起来，大家都为之愕然。这时候我可按捺不住了。我一向是个上午捣乱下午安分的学生，我觉得现在受了无理的侮辱，我便挺身分辩了几句。这一下我可惹了祸，老先生把他的怒火都泼在我的头上了。他在讲台上来回踱着，吸溜一下鼻涕，骂我一句，足足骂了我一个钟头，其中警句甚多，我至今还记得这样的一句：

"×××！你是什么东西？我一眼把你望到底！"这一句颇为同学们所传诵。谁和我有点争论遇到纠缠不清的时候，都会引用这一句"你是什么东西？我把你一眼望到底！"当时我看形势不妙，也就没有再多说，让下课铃结束了先生的怒骂。

但是从这一次起，徐先生算是认识我了。酒醒之后，他给我批改作文特别详尽。批改之不足，还特别的当面加以解释。我这一个"一眼望到底"的学生，居然成为一个受益最多的学生了。

徐先生自己选辑教材，有古文，有白话，油印分发给大家。《林琴南致蔡子民书》是他讲得最为眉飞色舞的一篇。此外如吴敬恒的《上下古今谈》、梁启超的《欧游心影录》，以及张东荪的《时事新报》社论，他也选了不少。这样新旧兼收的教材，在当时还是很难得的开通的榜样。我对于国文的兴趣因此而提高了不少。徐先生讲国文之前，先要介绍作者，而且介绍得很亲切，例如他讲张东荪的文字时，便说："张东荪这个人，我倒和他一桌吃过饭……"这样的话是相当的可以使学生们吃惊的。吃惊的是，我们的国文先生也许不是一个平凡的人吧，否则怎样会能够和张东荪一桌上吃过饭！

徐先生于介绍作者之后，朗诵全文一遍。这一遍朗诵可很有意思。他打着江北的官腔，咬牙切齿地大声读一遍，不论是古文或白话，一字不苟的吟咏一番，好像是演员在背台词，他把文字里蕴藏着的意义好像都给宣泄出来了。他念得有腔有调，有板有眼，有情感有气势，有抑扬顿挫，我们听了之后，好像是已经理会到原文的意义的一半了。好文章掷地作金石声，那也许是过分夸张，但必须可以朗朗上口，那却是真的。

徐先生之最独到的地方是改作文。普通的批语"清通""尚可""气盛言宜"，他是不用的。他最擅长的是用大墨杠子大勾大抹，一行一行地抹，整页整页的勾；洋洋千余言的文章，经他勾抹之后，所余无几了。我初次经此打击，很灰心，很觉得气短，我掏心挖肝的好容易诌出来的句子，轻轻的被他几杠子就给抹了。但是他郑重的给我解释一会，他说："你拿了去细细地体味，你的原文是软爬爬的，冗长，懈啦光唧的，我给你勾掉了一大半，你再读读看，原来的意思并没有失，但是笔笔都立起来了，虎虎有生气了。"我仔细一揣摩，果然。他的大墨杠子打得是地方，把虚泡囊肿的地方全削去了，剩下的全是筋骨。在这删削之间见出他的功夫。如果我以后写文章还能不多说废话，还能有一点点硬朗挺拔之气，还知道一点"割爱"的道理，就不能不归功于我这位老师的教诲。

　　徐先生教我许多作文的技巧。他告诉我，"作文忌用过多的虚字"，该转的地方，硬转，该接的地方，硬接，文章便显着朴拙而有力。他告诉我，文章的起笔最难，要突兀矫健，要开门见山，要一针见血，才能引人入胜，不必兜圈子，不必说套语。他又告诉我，说理说至难解难分处，来一个譬喻，则一切纠缠不清的论难都迎刃而解了，何等经济，何等手腕！诸如此类的心得，他传授我不少，我至今受用。

　　我离开先生已将近五十年了，未曾与先生一通音讯，不知他云游何处，听说他已早归道山了。同学们偶尔还谈起"徐老虎"，我于回忆他的音容之余，不禁的还怀着怅惘敬慕之意。

记梁任公先生的一次演讲

梁任公先生晚年不谈政治，专心学术。大约在一九二一年前后，清华学校请他做第一次的演讲，题目是《中国韵文里表现的情感》。我很幸运有机会听到这一篇动人的演讲。那时候的青年学子，对梁任公先生怀着无限的景仰，倒不是因为他是戊戌政变的主角，也不是因为他是云南起义的策划者，实在是因为他的学术文章对于青年确有启迪领导的作用。过去也有不少显宦以及叱咤风云的人物莅校讲话，但是他们没有能留下深刻的印象。

任公先生的这一篇讲演稿，后来收在《饮冰室文集》里。他的讲演是预先写好的，整整齐齐地写在宽大的宣纸制的稿纸上面，他的书法很是秀丽，用浓墨写在宣纸上，十分美观。但是读他这篇文章和听他这篇讲演，那趣味相差很多，犹之读剧本与看戏之迥乎不同。

我记得清清楚楚，在一个风和日丽的下午，高等科楼上大教堂里坐满了听众，随后走进了一位短小精悍秃头顶宽下巴的人物，穿着肥大的长袍，步履稳健，风神潇洒，左右顾盼，光芒四射，这就是梁任公先生。

他走上讲台，打开他的讲稿，眼光向下面一扫，然后是他的极简短的开场白，一共只有两句，头一句是："启超没有什么学问——，"眼睛向上一翻，轻轻点一下头："可是也有一点喽！"这样谦逊同时又这样自负的话是很难得听到的。他的广东官话是很够标准的，距离国语甚远，但是他的声音沉着而有力，有时又是洪亮而激亢，所以我们还是能听懂他的每一字，我们甚至想，如果他说标准国语，其效果可能反要差一些。我记得他开头讲一首古诗《箜篌引》：

公无渡河，公竟渡河！
渡河而死，其奈公何！

这四句十六字，经他一朗诵，再经他 解释，活画出一出悲剧，其中有起承转合，有情节，有背景，有人物，有情感。我在听先生这篇讲演后约二十余年，偶然获得机缘在茅津渡候船渡河，但见黄沙弥漫，黄流滚滚，景象苍茫，不禁哀从中来，顿时忆起先生讲的这首古诗。

先生博闻强记，在笔写的讲稿之外，随时引证许多作品，大部分他都能背诵得出。有时候，他背诵到酣畅处，忽然记不起下文，他便用手指敲打他的秃头，敲几下之后，记忆力便又畅通，成本大套的背诵下去了。他敲头的时候，我们屏息以待，他记起来的时候，我们也跟着他欢喜。

先生的讲演，到紧张处，便成为表演。他真是手之舞之足之蹈之，有时掩面，有时顿足，有时狂笑，有时叹息。听他讲到他最喜爱的《桃花扇》，讲到"高皇帝，在九天，不管……"那一段，他悲从中来，竟痛哭流涕而不能自已。他掏出手巾拭泪，听讲的人不知有几多也泪下沾巾了！又听他讲杜氏讲到"剑外忽传收蓟北，初闻涕泪满衣裳……"，先生又真是于涕泗交流之中张口大笑了。

这一篇讲演分三次讲完，每次讲过，先生大汗淋漓，状极愉快。听过这讲演的人，除了当时所受的感动之外，不少人从此对于中国文学发生了强烈的爱好。先生尝自谓"笔锋常带情感",其实先生在言谈讲演之中所带的情感不知要更强烈多少倍!

有学问、有文采、有热心肠的学者,求之当世能有几人?于是我想起了从前的一段经历,笔而记之。

回首旧游——纪念徐志摩逝世五十周年

志摩于民国二十年十一月十九日搭乘中国航空公司济南号飞机由南京北上赴平，飞机是一架马力三百五十匹的小飞机，装载邮件四十余磅，乘客仅志摩一人，飞到离济南五十里的党家庄附近，忽遇漫天大雾，飞机触开山山头，滚落山脚之下起火，志摩因而遇难。到今天恰好是五十周年。

志摩家在上海，教书在北京大学，原是胡适之先生的好意安排，要他离开那不愉快的上海的环境，恰巧保君健先生送他一张免费的机票，于是仆仆于平沪之间，而志摩苦矣。死事之惨，文艺界损失之大，使我至今感到无比的震撼。五十年如弹指间，志摩的声音笑貌依然如在目前，然而只是心头的一个影子，其人不可复见。他享年仅三十六岁。天实为之，谓之何哉！

志摩遗骸葬于其故乡硖石东山万石窝。硖石是沪杭线上的一个繁庶的小城，我没有去凭吊过。陈从周先生编徐志摩年谱，附志摩的坟墓照片一帧，坟前有石碑，碑文曰："中华民国三十五年仲冬诗人徐志摩之墓张宗祥题"显然是志摩故后十余年所建。张宗祥是志摩同乡，字声闻，曾任浙省教育厅长。几个字写得不俗。丧乱以来，于浩劫之中墓地是否成为长林丰草，或是一片瓦砾，我就不得而知了。

志摩的作品有一部分在台湾有人翻印，割裂缺漏之处甚多，应该有人慎重地为他编印全集。一九五九年我曾和胡适之先生言及，应该由他主持编辑，因为他和志摩交情最深。适之先生因故推托。一九六七年张幼仪女士来，我和蒋复璁先生遂重提此事，蒋先生是志摩表弟，对于此事十分热心，幼仪女士也愿意从旁协助，函告其子徐积锴先生在美国搜集资料。一九六八年全集资料大致齐全。传记文学社刘绍唐先生毅然以刊印全集为己任，并聘历史学者陶英惠先生负校勘之责，而我亦乘机审阅全稿一遍。一九六九年全集出版，一九七〇年再版。总算对于老友尽了一点心力，私心窃慰。梁锡华先生时在英伦，搜求志摩的资料，巨细靡遗，于抪编全集之外复得资料不少，吉光片羽，弥足珍贵，成一巨帙《徐志摩诗文补遗》（时报文化公司出版），又著有《徐志摩新传》一书（联经出版），对于徐志摩的研究厥功甚伟，当代研究徐志摩者当推梁锡华先生为巨擘，亦志摩逝世后五十年来第一新得知己也。

　　研究徐志摩者，于其诗文著作之外往往艳谈其离婚结婚之事。其中不免捕风捉影传闻失实之处。我以为婚姻乃个人私事，不宜过分渲染以为谈资。这倒不是完全"为贤者讳"的意思，而是事未易明理未易察，男女之间的关系谲秘复杂，非局外人易晓。刘心皇先生写过一本书《徐志摩与陆小曼》，态度很严正，资料也很翔实，但是我仍在该书的短序之中提出一点粗浅的意见：

　　徐志摩值得令我们怀念的应该是他的那一堆作品，而不是他的婚姻变故或风流韵事。……徐志摩的婚姻前前后后颇多曲折，其中有些情节一般人固然毫无所知，他的较近的亲友们即有所闻亦讳莫如深，不欲多所透露。这也是合于我们中国人"隐恶扬善"和不揭发阴私的道德观念的。所以凡是有关别人的婚姻纠纷，局外人最好是不要遽下论断，因为参考资料不足之故。而徐志摩的婚变，性质甚不平常，我们尤宜采取悬疑的态度。

志摩的谈吐风度，在侪辈中可以说是鹤立鸡群。师长辈如梁启超先生、林长民先生把他当作朋友，忘年之交。和他同辈的如胡适之先生、陈通伯先生更是相交莫逆。比他晚一辈的很多人受他的奖掖，乐与之游。什么人都可做他的朋友，没有人不喜欢他。在当时所谓左翼作家叫嚣恣肆，谩骂包剿，无所不用其极，他办报纸副刊，办月刊，特立独行，缁而不涅，偶然受到明枪暗箭的侵袭，他也抱定犯而不校的态度，从未陷入混战的漩涡，只此一端即属难能可贵。尖酸刻薄的人亦奈何他不得。我曾和他下过围棋，落子飞快，但是隐隐然颇有章法，下了三、五十着我感觉到他的压力，他立即推枰而起，拱手一笑，略不计较胜负。他就是这样的一个潇洒的人。他饮酒，酒量不洪，适可而止；他豁拳，出手敏捷，而不咄咄逼人。他偶尔也打麻将，出牌不假思索，挥洒自如，谈笑自若。他喜欢戏谑，从不出口伤人。他饮宴应酬，从不冷落任谁一个。他也偶涉花丛，但是心中无妓。他也进过轮盘赌局，但是从不长久坐定下注。志摩长我六岁，同游之日浅，相交不算深，以我所知，像他这样的一个，当世无双。

今天是他五十周年忌日，回首旧游，不胜感慨。谨缀数言，聊当斗酒只鸡之献。

旧

"我爱一切旧的东西——老朋友，旧时代，旧习惯，古书，陈酿；而且我相信，陶乐赛，你一定也承认我一向是很喜欢一位老妻。"这是高尔斯密的名剧《委曲求全》(She Stoops to Conquer)中那位守旧的老头儿哈德卡索先生说的话。他的夫人陶乐赛听了这句话，心里有一点高兴，这风流的老头子还是喜欢她，但是也不是没有一点愠意，因为这一句话的后半段说穿了她的老。这句话的前半段没有毛病，他个人有此癖好，干别人什么事？而且事实上有很多人颇具同感，也觉一切东西都是旧的好，除了朋友、时代、习惯、书、酒之外，有数不尽的事物都是越老越古越旧越陈越好。所以有人把这半句名言用花体正楷字母抄了下来，装在玻璃框里，挂在墙上，那意思好像是在向喜欢除旧布新的人挑战。

俗语说："人不如故，衣不如新。"其实，衣着这类还是旧的舒适。新装上身之后，东也不敢坐，西也不敢靠，战战兢兢。我看见过有人全神贯注在他的新西装裤管上的那一条直线，坐下之后第一桩事便是用手在膝盖处提动几下，生恐膝部把他的笔直的裤管撑得变成了口袋。人生至此，还有什么趣味可说！看见过爱因斯坦的小照么？他总是披着那一件敞着领口胸怀的松松大大的破夹克，上面少不了烟灰烧出的小洞，更不会没有一片片的汗斑油渍，但是他在这件破旧衣裳遮盖之下优哉游哉地神游于太虚之表。《世说新语》记载着："桓车骑不好着新衣，浴后妇故进新衣与，车骑大怒，催使持去，妇更持还，传语云，'衣不经新，何由得故？'桓公大笑着之。"桓冲真是好说话，他应该说："有旧衣可着，何用新为？"也许他是为了保持阃内安宁，所以才一笑置之。"杀头而便冠"的事情我还没有见过；但是"削足而适履"的行为，则颇多类似的例证。一般人穿的鞋，其制作设计很少有顾到一只脚是有五个指头的，穿这样的鞋虽然无须"削"足，但是我敢说五个脚趾绝对缺乏生存空间。有人硬是觉得，新鞋不好穿，敝屣不可弃。

"新屋落成"金圣叹列为"不亦快哉"之一，快哉尽管快哉，随后那"树小墙新"的一段暴发气象却是令人难堪。"欲存老盖千年意，为觅霜根数寸栽"，但是需要等待多久！一栋建筑要等到相当破旧，才能有"树林阴翳，鸟声上下"之趣，才能有"苔痕上阶绿，草色入帘青"之乐。西洋的庭园，不时地要剪草，要修树，要打扮得新鲜耀眼，我们的园艺的标准显然有些不同，即使是帝王之家的苑囿也要在亭阁楼台画栋雕梁之外安排一个"濠濮间""谐趣园"，表示一点点陈旧古老的萧瑟之气。至于讲学的上庠，要是墙上没有多年蔓生的常春藤，基脚上没有远年积留的苔藓，那还能算是第一流么？

　　旧的事物之所以可爱，往往是因为它有内容，能唤起人的回忆。例如，阳历尽管是我们正式采用的历法，在民间则阴历仍不能废，每年要过两个新年，而且只有在旧年才肯"新桃换旧符"。明知地处亚热带，仍然未能免俗要烟熏火燎地制造常常带有尸味的腊肉。端午节的龙舟粽子是不可少的，有几个人想到那"露才扬己怨怼沉江"的屈大夫？还不是旧俗相因虚应故事？中秋赏月，重九登高，永远一年一度地引起人们的不可磨灭的兴味。甚至腊八的那一锅粥，都有人难以忘怀。至于供个人赏玩的东西，当然是越旧越有意义。一把宜兴砂壶，上面有陈曼生制铭镌句，纵然破旧，气味自然高雅。"樗蒲锦背元人画，金粟笺装宋版书"，更是足以使人超然远举，与古人游。我有古钱一枚，"临安府行用，准参百文省"，把玩之余不能不联想到南渡诸公之观赏西湖歌舞。我有胡桃一对，祖父常常放在手里揉动，噶咯噶咯地作响，后来又在我父亲手里揉动，也噶咯噶咯地响了几十年，圆滑红润，有如玉髓，真是先人手泽，现在轮到我手里噶咯噶咯地响了，好几次险些儿被我的儿孙辈敲碎取出桃仁来吃！每一个破落户都可以拿出几件旧东西来，这是不足为奇的事。国家亦然。多少衰败的古国都有不少的古物，可以令人惊羡、欣赏、感慨、唏嘘！

旧的东西之可留恋的地方固然很多，人生之应该日新又新的地方亦复不少。对于旧日的曲章文物我们尽管欢喜赞叹，可是我们不能永远盘桓在美好的记忆境界里，我们还是要回到这个现实的地面上来。在博物馆里我们面对商周的吉金，宋元明的书画瓷器，可是溜酸双腿走出门外便立刻要面对挤死人的公共汽车，丑恶的市招和各种饮料一律通用的玻璃杯！

　　旧的东西大抵可爱，唯旧病不可复发。诸如夜郎自大的脾气，奴隶制度的残余，懒惰自私的恶习，蝇营狗苟的丑态，畸形病态的审美观念，以及罄竹难书的诸般病症，皆以早去为宜。旧病才去，可能新病又来，然而总比旧疴新恙一时并发要好一些。最可怕的是，倡言守旧，其实只是迷恋骸骨；唯新是骛，其实只是撷拾皮毛，那便是新旧之间两俱失之了。